卡內基演講術

How To Develop Self-Confidence and Influence People by Public Speaking

戴爾‧卡內基 Dale Carnegie ◎著

賴汶姍 ◎譯

晨星出版

目次

CONTENT

輕鬆展現自信、活出耀眼風采！

比起坐著思考，當你站著面對一群聽眾時腦袋就會
當機嗎？其實大家都知道不會。事實上，面對群
眾更有利於思考，其他人在場反倒會讓你精神更抖
擻。許多有經驗的傑出講者都同意這個論點：聽眾
是有利的催化劑，可以讓思路更清晰、反應更敏銳。

―Dale Carnegie

這本書獻給勇於築夢的各位，掌握說服觀眾的演說技巧
絕對一生受用無窮，書中處處都是真實見證！

第一章

培養
勇氣與自信

自 1912 年起，已有超過五十萬人採納我的建議參加公開演講課程，有許多學員寫下參加訓練的動機，說明他們渴望在我的課程中能得到什麼樣的收穫。雖然每個人措辭各有不同，但多數人的核心訴求竟大同小異！許多人分享說：「每當輪到我站起來發言時，就會突然不知該如何自處、緊張害怕，根本無法冷靜下來集中精神，想不起自己本來要說什麼。我想找回自信、鎮定下來思考，好好整理思緒讓邏輯條理分明，在商業夥伴或社團成員等觀眾前暢所欲言。」數千位學員都表達了類似渴望。

讓我們來探討實際案例吧！多年前有位根特先生（D. W. Ghent）參加了我在費城舉辦的公開演講訓練課程，開課後不久，他就邀請我到製造業公會俱樂部用餐。根特先生當時已步入中年，在各領域都相當活躍，不僅涉足製造業，還熱衷參與教會活動與公民運動。當天用餐時，根特先生微微傾身越過餐桌靠過來對我說：「出席活動時常有人邀請我發言，但我就是辦不到！當下我不知所措、腦袋裡一片空白，每次都藉故推託閃躲，但現在我成為大學信託基金董事會會長，勢必得主持會議或發表意見，您認為到我這個年齡，還有可能學會如何演說嗎？」

「你問『我』認為可能嗎？」我回答，「這絕非我心『想』便可事成，我『知道你可以』，也認為只要你確實練習、接受指導，必定能成真。」

根特先生也想相信我所說的話，但這個願景對他來說似乎過度美好而顯得不切實際，他回道：「我擔心你是出於善意才這麼說，只是為了鼓勵我。」

等到他完成訓練課程後，我們有一陣子沒有聯絡，後來又有機會在製造業公會俱樂部聚餐，我們坐在同個角落、同張桌子重溫第

一次對話的場景。我提及第一次對話的回憶，問他是否覺得我當時過於樂觀。他從口袋掏出一小本紅皮筆記簿，上面寫滿預訂好的演講清單與日期！他坦言：「有能力辦到這一切、享受演講的快樂、為我的生活圈做出貢獻，這是我此生最值得感恩的幸運！」

第二次聚餐前不久，華盛頓特區剛舉辦完重大的裁軍會議，一得知當時的英國首相即將出席會議，費城浸信會（Baptists of Philadelphia）便拍電報邀請根特先生在一場大型活動中演講，根特先生告訴我，費城這麼多浸信會領袖當中，唯有他有這樣的殊榮獲選登台引言、介紹英國首相致詞。

人生多麼奇妙！三年前，同一個人還在同張桌子前嚴肅地詢問我的意見，懷疑自己能否在群眾面前公開演講。

根特先生進步神速的演講力是否只是個特例呢？其實已有數百個類似案例囉！再為大家提供另一實例：多年前，有位學員是在布魯克林執業的醫師，我們姑且稱他為寇帝斯醫生（Dr. Curtis）。寇帝斯醫生冬季時到佛羅里達巨人隊的棒球訓練場附近度假，因為他本身也是棒球迷，常常去訓練場觀看球隊練習，久而久之逐漸和球員們熟識，便受邀參加球隊晚宴。

宴會開始不久，吃完開胃前菜後，主辦單位邀請貴賓說幾句話，主持人突如其來的「驚喜（嚇）」在寇帝斯醫師腦海中宛如一陣轟然巨響：「我們今晚有位貴賓寇帝斯醫師，希望醫師能上台跟我們分享棒球員保健知識！」

寇帝斯醫師真的「無言以對」嗎？他可是超過三分之一個世紀都在談論醫療保健的人，若有人前來諮詢，他能坐在看診椅上暢談整晚，但要他在一小群聽眾前針對同一個主題發表意見，卻反倒「無言以對」！他只能在原地呆若木雞、心跳加快兩倍、彷彿隨時

都可能跳出胸腔，光是想像上台就足以讓他這麼害怕，每次都想長出翅膀加速逃離演講場合。

當時他束手無策。其他人不停鼓掌、熱切地注視著他，他試著搖頭婉拒卻獲得更加熱烈的掌聲：「寇帝斯醫師！跟我們分享吧！」歡呼聲愈來愈大、愈來愈難以拒絕！寇帝斯醫師騎虎難下，他自知起身上台只會出糗，即便只說幾句話他也辦不到，於是只好站起身，羞愧地安靜離場，用逃避來回應好友們的熱情邀約。

> 平時可以在自己專業領域暢所欲言的人，在沒有準備的情況下到了台上卻「無言以對」，真是尷尬啊！

因此他一回到布魯克林，馬上就報名了我們的公開演講訓練課程，決定不再當一名不戰而降的沉默逃兵！

寇帝斯醫師確實是個好學員：滿腔熱忱決心改頭換面、克服心魔，每次都準備充分、反覆練習，從沒翹過任何一堂課。

他的全心投入也取得豐盛的收穫：不僅超乎預期地突飛猛進，最終成果連他自己都大感驚艷！幾堂課下來已不再張皇失措，自信心愈來愈穩固，兩個月內搖身一變、成為小組內最受矚目的講者。他很快就接到其他地方的演講邀約，並且全心陶醉在演講的樂趣中，享受演講為生活增添的內涵與新朋友！

> 只要肯下功夫，每次都準備充分，必有豐盛的收穫。

紐約共和黨競選委員會（New York City Republican Campaign Committee）某位委員聽過寇帝斯醫師演講後，邀請他為共和黨發表助選演說。這位委員要是知道寇帝斯醫師的過去必定大感驚訝！不過短短一年前，寇帝斯醫師還為了逃避在宴會中演講，面紅耳赤地提早離席；當年重度怯場還舌頭打結的他，顯然已經成功轉型！

其實培養自信與勇氣、在群眾面前冷靜思考並清晰表達，沒有大家所想的困難，甚至簡單許多。這絕不是獲得上天眷顧才能擁有的珍貴能力，就像學會打高爾夫等運動項目一樣，每個人都充滿潛力，只要有心便可燃燒熱情轉化為能力！

比起坐著思考，當你站著面對一群聽眾時腦袋就會當機嗎？其實大家都知道並不會，事實上，面對群眾更有利於思考，其他人在場反倒會讓你精神更抖擻。許多有經驗的傑出講者都同意：聽眾是有利的催化劑，可以讓思路更清晰、反應更敏銳。知名傳教士亨利・瓦得・畢奇爾（Henry Ward Beecher）曾說，面對聽眾時「靈光乍現」並不稀奇，此時想法、資訊與創意往往會超乎講者本人所預期的「快閃」過腦海，只要順勢而起抓住「那道光」，便可踏上順暢演說的坦途！只要持之以恆練習，你也能體會這種感受。

> 很多新奇創意的好點子往往是在面對聽眾時出現，只要順勢抓住「那道光」，便可踏上順暢演說的坦途！

有一件事你立刻就能體會：透過訓練和自主練習，克服怯場指日可待，也會因此培養自信和足以長遠走下去的勇氣！

別放大檢視自身限制，以為自己面對較多阻礙！就算是各世代最傑出的講者，在成為口條流利的目光焦點前，也曾畫地自限、深受無來由的恐懼和自卑所苦。

沙場老將威廉·詹寧斯·布萊恩（William Jennings Bryan）見過大場面，但他承認第一次演講也是緊張到雙膝顫抖。

即便是幽默鬼才馬克·吐溫，第一次公開演講時也曾緊張到口乾舌燥，血壓飆高到快昏倒！

美國內戰名將格蘭特（Ulysses S. Grant）親率當代最勇猛的軍隊拿下維克斯堡（Vicksburg）重要的一場勝利，但首度挑戰公開演講時，他也坦言自己曾焦慮到崩潰。

法國最具影響力的政治家尚·饒勒斯（Jean Jaures）可是曾在法國眾議院會期上「演默劇」：他緊張到無法發言，花了足足一年才鼓足勇氣首度「開金口」，之後才成為知名演說家。

曾任英國首相的勞合·喬治（Lloyd George）也承認：「我第一次公開演說時狀況糟到不行！**舌頭真的黏在口中。**這可不是比喻，剛開始我真的一個字都說不出來！」

美國內戰時期，英國著名政治家約翰·布萊特（John Bright）也在英格蘭為英國同胞爭取聯合結盟並為解放黑奴發聲，即便是舌燦蓮花的他，首度在校園登台對一般民眾演講時，也是克服對演說失敗的恐懼，才邁開腳步前往登台處女秀的地點，他甚至懇求同伴先為他鼓掌打氣、掩飾緊張不安。

偉大的愛爾蘭人民領袖查爾斯·史都華·巴奈爾（Charles Stewart Parnell）也不是生來就口若懸河。根據他家人的分享，巴奈爾剛開始對群眾演說時也是十足焦慮，必須緊握雙拳克制自己、甚至用力過度指甲嵌入手掌而流血。

　　前英國首相班傑明・迪斯雷利（Benjamin Disraeli）承認第一次面對英國下議院演說時，難度比率領騎兵攻城更高！他跟英國知名政治家理查・布林斯利・謝立丹（Richard Brinsley Sheridan）可謂難兄難弟，兩人的公開演講處女秀都一敗塗地、慘不忍睹。

　　其實很多知名英國演說家都是從失敗起家！這種巧合讓英國國會甚至笑言，如果年輕政治家登台處女秀太成功，反而為政治生涯帶來不祥預兆。因此請別灰心、勇敢壯膽吧！在見證過多不勝數的傑出演說家崛起、且有幸參與幾位講者的轉型之路後，看到學員訓練初期有些緊張焦慮，反倒覺得寬心！

　　發表演說時你會意識到責任感：即便只是在商業場合面對二十幾個聽眾，夾雜緊繃情緒、震驚和興奮不安，知覺敏銳還是如同即將放膽奔馳的千里名駒。古羅馬名垂青史的演說家西塞羅（Cicero）兩千年前便曾預言，寫下歷史新頁的震撼演說均源自緊張焦慮！

　　在電台錄製節目，發言者也能感受到相同的不安，這就是所謂**「麥克風怯場症候群」**（microphone fright），知名喜劇演員查理・卓別林（Charlie Chaplin）挑戰廣播節目時，也難逃怯場症候群，他可是 1912 年時高舉著《夜訪音樂廳》（A Night in a Music Hall）宣傳布條全美巡迴演出、英國正宗劇場出身的硬底子演員喔！這麼習慣觀眾的人，講稿都一絲不苟地擬好了，一踏入鋪著地毯的錄音間面對麥克風，胃還是會因為緊張而痙攣，就像冬季低溫時坐船冒著暴風雨橫跨大西洋般焦慮不安，血液冷到要結冰！

　　知名美國演員暨導演老詹姆斯・柯克伍德（James Kirkwood Sr.）也有類似經驗，他是舞台劇的明星，但是錄完廣播節目後居然額頭冒冷汗，「我記得百老匯首演當天，壓力也沒這麼大！」就算是他，面對隱形觀眾發言也是項挑戰呢！

就算是從事公眾表演的舞台劇大明星，進錄音室面對隱形觀眾也緊張得直冒冷汗。

很多人即使很習慣發言，要開始對著群眾發表意見時也會手足無措，但只要站起身準備上台，幾秒內就能恢復冷靜。

美國前總統林肯也有過害羞怯場的黑歷史喔！他的法律事務所合夥人威廉・亨頓（William Henry Herndon）回憶道：「剛開始他實在對演講力不從心，要花很大心力去適應周遭環境，必須竭力壓抑覺得自己格格不入的想法且又生性敏感，但這麼做又讓他顯得更古怪。這種時候我很同情林肯，他開口演講時的聲音很尖銳、呼吸也不平順，聽起來就很不悅耳，整個身體、姿勢與表情都不對，臉全皺在一塊相當難看，沒有一件事順心！可是這個階段會稍縱即逝，立刻煙消雲散！」

林肯短時間內便可恢復冷靜鎮定，溫暖誠懇娓娓道來，演說也真正步入正軌。你也可以和林肯一樣！

很多人即使習慣發言，剛開始對著群眾發表意見時也會手足無措。

　　為了讓付出的心力得到最佳投資報酬，也為了讓你更快進步、適得其所，請謹記下列四大要點：

一、保持熱情、持之以恆

　　對成功的強烈渴望，重要性超乎大家所能想像。如果指導員能透視學員的腦袋跟心靈，當下就可依照熱情的程度來準確預言進步幅度；微弱的火苗並不足以燃起輝煌的成就，請效法緊追獵物、堅持不懈的獅子吧！有這種熱情衝勁，相信沒有任何阻礙能難倒你。

　　因此，進行自我深造前請先燃起你的熱情。先想像一下，列出獲得公開演說能力之後的好處，例如更有自信、在群眾面前更有說服力，或者經濟或人際方面可以帶來什麼轉

想像學習公開演講的好處

❶ 更有自信
❷ 在群眾面前更有說服力
❸ 增加經濟收入
❹ 拓展人際關係
❺ 成為更有影響力的人物
❻ 大展領導長才
……

變，仔細想想每分進帳或新結識的人脈也無傷大雅，想像自己成為更有影響力的人物、大展領導長才，演講其實比任何其他活動所能培養的領導力更為卓越！

　　前美國參議員錢西・德普（Chauncey M. Depew）曾說：「駕馭公開演講、施展說服力，是迎向事業成功與大眾肯定的最佳途徑，沒有其他能力足以比擬！」

　　菲利普・阿莫（Philip D. Armour）是一位成功的企業家，累積

數百萬美元財產後仍堅持：「如果可以選擇，我比較希望當個成功的講者而非資本家。」

公開演講能力是每個教育工作者的共同企盼，傳奇鋼鐵鉅子安德魯‧卡內基（Andrew Carnegie）逝世後，後人發現他三十三歲時擬好的人生規劃，內容提及他認為自己再過兩年應可每年穩定進帳五萬美元，因此打算三十五歲就退休去哈佛完成學業，好好「鑽研公開演講這門學問」！

做夢不難：一旦獲得公開演講能力，會有多大的成就感與快樂，想像一下吧！筆者我本人可是踏遍世界不少角落、累積多種不同經驗，但站在群眾面前演說、說服對方認同你的想法，這種內心滿足不僅深刻踏實、又能維持許久，此乃世間一大樂事，少有其他事物能與之比擬！成就感會讓你充滿力量、超躍同伴之上，奇妙的刺激快感保證會讓你永生難忘。有位講者曾這麼形容：「開場前我覺得寧可受鞭刑也不想面對觀眾，但距離結束演講倒數兩分鐘時，我卻覺得就算挨子彈也不想下台。」

無論嘗試任何事，一定都會有人半途就動力耗盡棄械投降，因此請保持滿腔熱忱、自主為內心渴望點火加溫至沸騰！開始接受訓練挑戰前，請升起夠旺的熱情火炬一路照亮四周，幫助你通往成功終點線。每星期撥出一天潛心閱讀這些章節，為自己先鋪好路、導正心態，讓「放棄」成為不可能的選項！

猜猜古羅馬凱撒大帝從高盧（Gaul，約為現今中西歐地區）橫越海峽，在現今的英國領土上岸時如何鼓舞士氣？他非常聰明：讓士兵站在多佛海岸（Dover）的峭壁上，俯瞰剛剛才載著大軍橫渡海峽的船艦被火舌吞噬、屍骨無存！這樣一來，他們和歐洲大陸的連結就完全斷開、沒有任何備案或退路，只剩唯一的方向：勇往直

前征服英國！最終，凱撒大軍真的凱旋而歸。

這就是凱撒能夠名垂青史的主因。何不仿效凱撒大帝呢？向怯場心魔宣戰吧！

二、熟悉主題、掌握內容

唯有充分準備、確實規劃演講內容，演講時才能心安理得地面對觀眾，否則就像瞎子領路，全場都摸不著頭緒，這時講者該負全責、確實檢討，為自己的疏失懺悔。

老羅斯福（Teddy Roosevelt）總統在自己執筆的《我的奮鬥：羅斯福自傳》中回憶：「1881 年我勝選進入紐約州州議院，才赫然發現自己是當年最年輕的議員，當然也難逃菜鳥年輕議員的必備症頭──面臨公開演講考驗時心急如焚。還好有位睿智堅毅的同胞給了我建言，他當初應該是引述了威靈頓公爵（Duke of Wellington）說過的話，我猜威靈頓公爵十之八九也是引述其他人：『先確定自己要說些什麼再開口並摸透演講主題，接著就講完收工、解脫回座啦！』」

其實老羅斯福的救星應該再多附贈另一帖克服緊張的妙方：**找個可以在觀眾面前做的事，就能成功轉移對於上台失常尷尬的焦慮**。例如，對觀眾展示某個物品、現場在白板上寫字、指出地圖上某個地點、移動桌子或打開窗戶、把書本或紙張換個位置，任何有意識的舉動都有助於轉移注意力、放鬆心情。

當然不是任何演講都可以順水推舟，利用這種小橋段克服緊張，但記住這個建議也無妨，有機會可以嘗試看看，只要別過度使用即可。學會走路就該放開學步車、主宰真正戰場！

三、自信示人

美國心理學巨擘威廉‧詹姆斯（William James）博士曾有段名言流芳後世：

> 我們似乎傾向先有感受接著才開始行動，但實質上行動與感受並非連續發生，而是一體兩面、相伴而生。「行動」較受意志直接控制，只要讓行動規律，較不受意志直接控制的「感受」，也能因此趨於規律。如果心情低落，反而應發揮自主意志振奮精神，表現出心情愉悅的言行舉止，這是當下讓自己感受到歡喜的唯一解方！所以請先「感到」無畏，凝聚意志力營造勇敢心境並採取行動，讓勇氣取代恐懼。

讓我們實踐詹姆斯博士的箴言！面對觀眾時召喚勇氣，舉手投足彷彿無所畏懼。但請謹記：若無充分準備，大費周章營造心境也是枉然。請務必充分掌握演講的內容，用輕快的步伐踏上講台然後深呼吸。面對觀眾前不妨先深呼吸三十秒，提升肺活量讓精神更加充沛、鼓足勇氣。一如傳奇男高音德雷茲克（Jean de Reszke）曾說過的話：「良好的呼吸品質讓人『騰雲駕霧』，告別緊張的心情。」

無論時光如何荏苒而過，勇者始終備受推崇與愛戴；無論心跳得多快，向前大跨步、停下腳步再堅定站穩，如同你正在享受台上的每一刻。

請挺直腰桿、直視觀眾自信開口，像債主催繳欠款般理直氣壯，想像觀眾齊聚一堂求你寬限，讓正向心理作用助你一臂之力。

別對是否穿上外套猶豫不決、撥弄衣服綴飾或焦躁地搬弄手指，要是真的無法克制住小動作，就把雙手放在背後，這樣彎折手

指或擺動腳趾時，才不會被觀眾發現。

　　雖按常理而言，講者不該躲在擺設物後方，但剛開始適應演講時不妨先站在講台後方，緊抓桌緣、椅背，或在手心緊握一枚硬幣，讓自己獲得一點勇氣的加持！

　　前美國總統老羅斯福勇敢自立又迷人的魅力從何而來？難道他天生就樂於冒險犯難、勇往直前嗎？當然不是。他在回憶錄中提及：「我從小體弱多病又古怪，年輕時容易緊張、自我懷疑，但我費盡苦心自我訓練，不僅操練體能也鍛鍊意志。」

　　感謝老羅斯福不吝分享他改變自我的祕訣，他同時也在回憶錄寫道：「小時候讀馬里亞特上尉的書深感激勵，有個橋段是某艘英國皇家護衛艦的船長向書中英雄開示，解說如何培養無畏的勇氣。船長說剛開始大家都是驚恐萬分，但差別就在能自我控制『演出』英勇果敢，假以時日便能『弄假成真』，順理成章從假裝勇敢變成真正無所畏懼。」（這一段是老羅斯福的個人詮釋，而非馬里亞特上尉書中原文）

　　「我就是奉行這點。儘管灰熊、似乎心懷不軌的馬、西部牛仔槍手等都能嚇壞我，可怕的事物無所不在，但我表現得好像一點也不怕，漸漸地就真的不再恐懼。相信任何人只要決定實踐，必能化懼為勇！」

　　只要有心效法老羅斯福，你也能辦到！法國名將費迪南・福煦元帥（Ferdinand Foch）曾言：「在戰場上，進攻正是最好的防守。」不妨先發制人，正面迎戰恐懼心理，掌握每次機會大膽「演出無畏」、征服恐懼。

　　構思你的演講內容，然後想像自己是電報郵差，收訊者只在乎電報內容，多半不會費心關注郵差本人，這就是你要的效果！專注在訊息本身、全心投入且嫻熟掌握，由衷深信你要傳達的內容，開

口時如同已下定決心般全力宣揚。想要征服演講場合且超越自我，絕對指日可待。

四、除了練習，還是練習！

最後一點至關重要，就算記不得前面三點也不要緊。建立演講自信最管用的祕訣無非就是：**開口說！**老羅斯福總統也不忘提醒：「初心者難逃『新手獵人激躁期』」，此時精神亢奮躁動，反倒無須擔心怯場！就像獵人第一次與獵物正面對決或新兵初上戰場，新手講者首次面對眾多聽眾，往往過度激動。此時重點不是鼓起勇氣，而是管理情緒、力圖保持冷靜，這個境界只有透過練習才可達成。因此請培養習慣、熟悉如何自我控制，徹底壓制不安思緒，經年累月地練習、努力不懈發揮意志力！只要心境態度保持正確，透過練習，每次都會逐漸成長、更加堅強。」

想擺脫公開演講的怯場心魔？不妨先了解怯場感從何而來。

詹姆斯‧羅賓遜（James H. Robinson）在其著作《塑造心靈》（The Mind in the Making）中寫道：「恐懼是無知與不確定感的產物。」換句話說，其實恐懼就是缺乏自信所致。那缺乏自信的根源呢？表示你並不清楚自己真正能夠成就什麼，這是因為缺乏經驗。因此只要累積足夠的成功經驗，恐懼自然無所遁形、煙消雲散！

學游泳的最快捷徑就是先跳入水中，這點是無庸置疑的。讀者看到這裡也已經花了夠長的時間，就先把書放到一旁、準備著手實踐吧！先選定主題，以你具備基礎知識的領域為佳，再構思三分鐘的演講，自己獨力練習數次後，視情況對目標觀眾或朋友發表演說，聚精會神放手一搏！

為了讓付出的心力得到最佳投資報酬，也為了讓你更快進步、適得其所，請謹記下列四大要點：

一、保持熱情、持之以恆

有熱情衝勁，
相信沒有任何阻礙能難倒你。

唯有充分準備，
演講時才能心安理得面對觀眾。

二、熟悉主題、掌握內容

三、自信示人

良好的呼吸品質讓人「騰雲駕霧」，
告別緊張。

學游泳最快的方式就是跳入水中，現在暫時把書放在一旁，著手實踐吧！

四、除了練習、還是練習！

重點摘要

一、數千名學員都曾寫信告知筆者，述說參加公開演講訓練的動機與心中願景。他們幾乎異口同聲表示：希望克服緊張，演講的同時能夠冷靜思考，無論聽眾多寡，開口時均可展現自信、輕鬆自在。

二、公開演講能力並不專屬於受到上天眷顧的人。學會對群眾說話並不困難，就像學會打高爾夫球，任何人只要有足夠的熱情、動力，透過練習都可以發揮潛能。

三、許多經驗老道的講者面對群眾時，比起只跟一個人說話反倒更能冷靜思考、暢所欲言。從實際案例看來，大型集會反成「助力」而非「阻力」，更能激勵演講者。只要遵照本書建議落實在生活中，你也可以加入他們的行列，樂觀期待下次公開演講的機會！

四、別以為只有自己面臨高不可越的障礙。很多傑出的講者剛出道時，可是十足緊張焦慮、怯場到肢體僵硬！這些人包括流芳萬世的的美國名將布萊恩、法國傳奇人物饒勒斯、英國前首相勞合‧喬治、愛爾蘭人民領袖巴奈爾、英國著名政治家約翰‧布萊特、迪斯雷利、謝立丹等等，族繁不及備載呢！

五、講者無論演說的次數多頻繁，也難逃上台開口前幾秒的突發性緊張，不過只要起身就位、開口暢言，這段小插曲也只是曇花一現。

六、為了善加利用本書以高效率突飛猛進，請謹記下列四大要點：

1. 燃燒起旺盛的熱情再開始奔跑吧！讓腦海中充滿掌握演講
   能力後你可享有的所有好處，包括收入、人脈和領導影響力
   將如何大增。熱情火勢燒得愈旺、成果就愈驚人！

2. 妥善準備、充分掌握演講內容！你才會感到自信十足。

3. 自信示人！謹記威廉‧詹姆斯博士的建言：先佯裝出勇敢
   的形象，用盡全力先虛張聲勢，便可由外而內「弄假成真」
   地鼓足勇氣！別忘了前美國總統老羅斯福也是依樣畫葫蘆，
   克服對灰熊、心懷不軌的馬和槍手的恐懼。不妨善用心理學
   技巧，順水推舟變身勇者。

4. 充分練習。這是最重要的一點！畢竟恐懼來自缺乏自信，而
   缺乏自信就是因為不知該怎麼做，追根究柢其實就是沒有經
   驗。累積足夠成功資歷，恐懼自然成為過往雲煙。

第二章

自信源於
紮實的準備

自從 1912 年起，我每年平均聆聽六千場演講並給予點評，這已成為我的專業職責兼個人興趣啦！講者們絕非大學生菜鳥，而是身經百戰的企業菁英。經歷這麼多場演講，我最深刻的體悟就是：開口前必定得做足準備，想清楚演講的內容、穿插亮點，清晰地表達論點且無一遺漏。回想自己是聽眾時，如果講者充滿使命感宣揚理念、全心投入每秒演說，你是否也會情不自禁地深受吸引？光是達成這點，便已掌握成功演說的一半精髓囉！

　　講者全神貫注投入演說時，必能體會這個千真萬確的事實：演講本身已水到渠成、步上軌道，講者則壓力減輕、心態釋然。經過充分準備的演講本身，就已經成功百分之九十了！

　　就像第一章所說，大多數人希望透過公開演講訓練來培養自信、勇氣和可靠的特質，而多數人最常犯的致命錯誤，就是輕忽了前置作業！沒有確實備戰，如何克服內心恐懼及臨場的緊張感？這就好比上了戰場卻沒有佩戴萬全的裝備，在聽眾面前表現會失常也是理所當然！前美國總統林肯入主白宮後曾說：「我期許自己即使年歲漸長，也不會厚著臉皮、毫無準備就開口演說！」

　　如果你想培養自信，何不先落實必備步驟、迎接揮灑自信的那天？耶穌門徒約翰曾說：「愛既已完全，就能把懼怕除去。」完美準備也是恐懼的天敵。前美國國務卿丹尼爾・韋伯斯特（Daniel Webster）表示，準備不足就站在群眾面前演講，等於要他裸體上場一般難堪！

　　讓我們更完整地落實演講的**前置作業**吧！為何有些人總是在準備工作上偷懶？因為他們不懂準備的真諦、也不知如何聰明地做準備，有的人則把時間不夠拿來當藉口。在這章，我們來好好深入探討準備演講的內涵與方式吧！

◐ 正確的準備方式

到底該如何準備演說呢？讀這本書有用嗎？其實從書中找答案是可行的，卻不是最佳方法。如果講者光**依賴書本、原封不動「複製貼上」而非自主思考**，演說就會喪失重要成分。儘管觀眾無法指出少了什麼要素，但觀眾無法因此對講者產生認同。

我用自己的親身經歷來說明吧！我曾專為紐約市金融業資深主管舉辦公開演說課程，學員自然都是大忙人，要騰出時間充分準備演講都非常勉強，就算只是按照這些主管的個人標準來看，準備時間仍然不足。長期坐在金融業主管的職位，他們多半都把時間花費在沉思、堅定信念、用自我獨特的角度看事情、創造獨一無二的人生體驗，所以四十年職涯中已累積豐富的演講素材，只是有些主管仍然無法意識到：原來豐碩的現成素材垂手可得，不必捨近求遠，「自產自銷」即可！

當時我們在每個星期五晚上五點至七點上課。某次上課前，有位學員發現：「糟糕，已經四點三十分了！」我們就稱呼他傑克遜先生（Mr. Jackson）吧！於是傑克遜先生馬上走出辦公室去書報攤買了本《富比世雜誌》，接著搭地鐵到聯邦儲備銀行上課。車程中他看了篇〈抵達成功終點僅有十年餘裕〉的文章，但閱讀目的只是因為剛好輪到他練習演說，並不是真的對文章內容有興趣。

一小時後，他在課堂上站起來開始講話，想辦法讓自己的話語聽起來有說服力、試圖生動有趣地闡述文章內容。

成果如何呢？大家應該都猜到了。

傑克遜先生並未先消化文章、也沒有先演練想要嘗試表達些什麼，老實說用「嘗試表達」這個詞還真貼切，因為從頭到尾他都停

留在「試」的階段：演說內容沒有任何欲破繭而出、廣為人知的核心訊息，舉止和語調也印證了這點。怎能期待聽眾會比講者對主題的印象更為深刻呢？過程中他只是一直引用文章原語句，說明作者寫了什麼，**儼然成了《富比世雜誌》代言人，而不是「發言人」傑克遜先生。**

於是我給了他這麼一段評語：「傑克遜先生，其實雜誌文章的作者不是我們關心的重點，他的人格特質很模糊、本人也不在場，**我們比較關心的是你本人以及你自己的看法**，告訴我們你自己怎麼想、而不是某個人寫了什麼，**把你自己放大一點！**下星期再演說同一主題好嗎？把同篇文章再看一遍吧！**反問自己同意與反對作者哪些觀點**，用自己的話深入論證這些觀點、從自身經驗出發來闡釋它們。要是不同意某些觀點就直言不諱，告訴我們反對的理由。讓文章成為起跑點，而非演說時直接照本宣科！」

傑克遜先生接受我的建議，重讀文章並做出結論：他一點也不贊同文章的觀點！這次他不是只利用地鐵車程來應付演講，他讓演講內容逐步成長，以獨立思考餵養出新生命，從胚胎開始慢慢成形，好像傑克遜先生不知不覺中有了另一個日復一日茁壯成長的小女兒！可能今天看報紙有了新點子，某天跟朋友討論這個主題時，腦海中又靈光乍現、累積更多養分讓演講更充實，經過一星期的反覆思考「熬煮」出更有料的內涵。

傑克遜先生二度登場時，已經「生出」充滿個人基因的演說內容，每個詞句均洋溢著個人色彩。而且因為他確實反對作者的觀點，站在對立面發言興致更為高昂，演講效果自然更精彩！

沒準備的演講

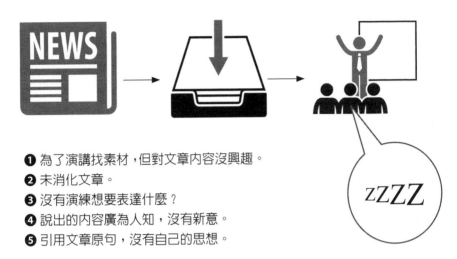

❶ 為了演講找素材，但對文章內容沒興趣。
❷ 未消化文章。
❸ 沒有演練想要表達什麼？
❹ 說出的內容廣為人知，沒有新意。
❺ 引用文章原句，沒有自己的思想。

有準備的演講

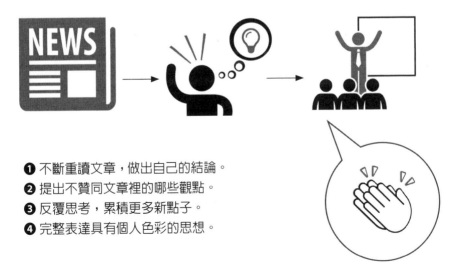

❶ 不斷重讀文章，做出自己的結論。
❷ 提出不贊同文章裡的哪些觀點。
❸ 反覆思考，累積更多新點子。
❹ 完整表達具有個人色彩的思想。

我們再來看看另一個例子，了解應該怎麼準備，或該避開什麼「地雷」。不如這次就稱呼苦主為福林先生（Mr. Flynn）吧！他是我在華盛頓特區公開演講課的學員，某天下午他決定把演講主題訂為「歌頌美國首都」。他倉促地宣揚一番華盛頓特區的美好，但膚淺的內容只是取材自報紙夾帶的宣傳手冊，聽來也確實很符合這類宣傳品水準：枯燥且亂無章法、沒有經過任何鋪陳編排。福林先生並未徹底琢磨演講主題，因此也衍生不了豐富的內容，聽眾只覺得索然無味且學不到任何新知，無法感受到他對華盛頓特區的愛如何熱烈、迫切到必須開口好好「示愛」一番！

● 萬無一失的臨場演說

兩星期後福林先生面臨撼動人生的重大事件：他的車在公共停車場被偷了！他馬上衝到警局報案並提供懸賞獎金，但無濟於事，警察很坦白地跟他說無法破案。然而事發前不過一星期，福林先生才因為路邊停車超時十五分鐘，遭到「有閒暇時間巡邏的警員」開單，這些「散步有空、抓賊就忙」的警察讓福林先生大爆發！義憤填膺的他反倒充滿「說話」的熱忱啦！不過這次可不是因為收到什麼宣傳手冊，而是親身經歷讓他活得更「真」、更像「人」，自然分享出有溫度的感受與信念。不是辛苦地念誦句子、對華盛頓特區歌功頌德，而是發自內心想要站起身來演說、噴發對警察的「熊熊憤怒之火」，不吐不快！這種演講根本沒有失敗的餘地，幾乎一定會成功，是真實經歷與反思的寶貴結晶！

◯ 準備的真諦

　　準備時是否該把草稿寫得完美，再一字不漏地背起來？還是應該把觀點整合起來就好，即使對這些論點沒什麼深刻感受？都不是！準備時請彙整「你的」想法、信念和熱忱，這些來自「本人」、取材自每天固定日常生活作息，或冥想作夢時累積的素材就默默在腦海成形了。別忘了身為人，天生就有感受和累積經驗的特權，你的意識深處天生就有寶貴的演講素材可挖掘，就像海邊的原生岩石與貝殼，透過思考沉澱、回憶篩選，挑出你認為最值得呈現的瑰寶，好好琢磨一下組織架構、拼貼完成屬於自己的傑作吧！這麼看來，準備公開演講一點也不難？確實不難，只要**針對目標專注思考**。

想法、信念和熱忱，
皆來自每天固定的日常生活作息

　　知名傳道人德懷特・萊曼・穆迪（Dwight L. Moody）如何準備講稿，成為佈道史上最具代表性的人物呢？據他分享：「我其實沒什麼祕訣，選定主題後就會寫在大信封袋上，所以已累積了不少

『命題』信封啦！如果剛好閱讀時看到適合引用在演講主題的內容，就先抄下塞進信封，再把信封擺到一邊。我隨時隨地都會攜帶筆記本，如果剛好去佈道會聽到很棒的想法、適合讓某個主題更有深度，我就抄下來再塞進信封。等到想要嘗試用新的主題佈道，就打開『命題』信封，攤開我累積的各種想法，加上自己研究後的觀點，各種素材豐富齊全，只要這邊加一點、那邊修掉一點，每次都能讓聽眾耳目一新！」

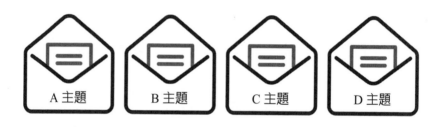

A 主題　　　B 主題　　　C 主題　　　D 主題

◉ 耶魯神學院院長的智慧建言

　　耶魯神學院歡慶創立百年時，時任院長的查爾斯·雷諾茲·布朗（Dwight L. Moody）發表了「佈道的藝術」（Art of Preaching）系列演講，由當時麥克米倫出版公司的紐約分部發行同名書籍。布朗院長超過三分之一世紀都在準備演講中度過，也負責訓練其他人勝任演說的重任，絕對有資格給我們值得學習的寶貴建議，無論是翻開《聖經》就〈詩篇〉佈道的神職人員，還是準備在同業工會發表演說的製鞋商人，必定都能受惠良多！且讓我大膽引用布朗院長充滿智慧的話語：

好好琢磨你要說的內容與主題，像慢慢燉煮食材，直到口感層次豐富、令人難忘。將生活點滴注入鍋子，你會從每天的小細節中得到很棒的點子……。

如果可以的話，盡量讓這個醞釀過程維持久一點，但不要拖到星期六上午才開始，因為隔天星期日就要上台佈道了。如果牧師能把真理放在心中醞釀，可能六個月或一年，直到開口佈道前就會發現有許多新點子從心中泉湧而出，沉思時、漫步時、通勤時甚至無法閱讀時，這些新的養分便會灌溉原本的觀點，賦予心中想法嶄新的生命。

當然牧師也可以在晚上好好沉思、醞釀，最好不要把教會或佈道的壓力帶到睡眠時間，離開佈道的講壇就好好投入夢鄉休息吧！不過我本人倒是有幾次半夜醒來，趕快寫下靈光乍現的寶貴點子，深怕隔天早上就忘光了……。

開始真正著手準備特定主題的佈道時，請寫下你看到這個主題、相關《聖經》章節時腦海浮現的全部想法，寫下你當初選中這段章節時所想到的內容，把當下所有的思緒化為文字。

把全部的點子都寫下來後，添加字詞修正這些想法，然後持續思考、不斷尋找可以用來調整修飾的素材，這就是讓腦袋保持高效率運作的方法，讓你的精神思維保持新穎而有創意。

請獨立自主地把這些你自己催生的觀點寫下來，它們對你的精神成長來說，可是比珍貴的寶石與精金更難能可貴。最好是隨手就寫在廢紙上，或是利用舊信紙、信封空白處等任何手邊能利用的東西，比寫在光鮮又乾淨的新紙張更棒！不只是為了經濟考量，利用零散紙條拼湊整體架構能夠更方便、更快速地彙整出有條理的內容。

請寫下逐漸浮現的新點子，過程中持續深思琢磨你要講的主題，但無須緊張焦慮或者十萬火急，好好享受這段重要的精神轉化過程，讓心智逐漸提升、獲得真正具生產力的思考。

相信你最後會發現，自己最享受其中、也最能為身邊的人帶來祝福的佈道，都是你從生活中擷取最多養分所編織的講稿。這些骨中骨、肉中肉般親生的孩子，是你腦力激盪下催生的創意結晶，由真實的人藉由生活來賦予講稿生命，這樣的佈道才能踩著歡欣雀躍的步伐、一路進入上帝的殿堂！同時也走入聽眾內心，讓聽眾展翅如鷹上騰、擔起十字架重任而不灰心頹喪。

● 效法林肯總統準備演說

前美國總統林肯是怎麼準備演說的？還好我們知道一些內幕！其實你會發現布朗院長有不少觀點和林肯總統的做法重疊，只不過林肯運用這些技巧早於布朗院長七十五年。林肯總統最具代表性的演說之一是以「預言美國未來」為主軸：「一個家分裂成兩半絕對無法歷久不衰，美國如果分成一半擁護自由、一半維持奴隸制度的

社會，絕對無法屹立不搖。」這場非凡的演說其實源自林肯的平凡生活，當他漫步街上、吃飯或在農場勞動、去市場採買或看著天空飛鳥發呆、陪兒子嬉戲或是無奈面對小孩生悶氣……林肯總統品嘗著正常人的喜怒哀樂，從日常點滴中逐漸累積、揣摩到擬定講稿，沉思過頭時大概也忘了兒子的存在囉！

林肯在沉澱期也會隨筆寫下想法，在信封空白處或任何隨手可得的廢紙上匆匆記下點子，塞進紳士帽頂端等閒暇時再拿出來，重新排列順序或增添、刪修，就這樣不斷琢磨，直到發表精采演說與出版大作。

1858 年林肯與最大政敵史蒂芬・道格拉斯（Stephen Douglas）上演世紀辯論，道格拉斯以同套說詞走遍天下，但林肯督促自己持續琢磨、推敲出最值得宣揚的精華。林肯甚至表示，每天講出不同內容，比天天重複說詞更輕鬆寫意，他能藉此讓主題更深刻而有層次，在腦海裡不斷汲取新的養分。

林肯入主白宮不久後打包了一份美國憲法和三份講稿，輕裝簡從回到伊利諾斯州的老家斯普林菲爾德（Springfield），然後就躲在某個商店的灰暗儲藏室遠離人群，靠著手邊僅有的資料獨力寫出就職演說講稿。

林肯流芳百世的「蓋茲堡演說」（Gettysburg address）從何而來？其實坊間很多誤傳謠言，真相非常驚人，讓我們一探究竟吧！

蓋茲堡公墓落成時，管理委員會原本只邀當紅政治家愛德華・

埃弗里特（Edward Everett）發表演說，向美國內戰中蓋茲堡戰役陣亡的將士致意。埃弗里特履歷輝煌，不僅曾在波士頓擔任牧師，更歷任哈佛大學校長、麻州州長、參議員，曾赴英國宣道也擔任過美國國務卿，是美國史上公認最出色的演說家之一。落成典禮原訂於 1863 年 10 月 23 日舉行，埃弗里特基於準備時間過於倉促，明智地婉拒了，於是主辦單位延期近一個月改在 11 月 19 日舉行，好讓他做好充足準備。準備期間的最後三天，埃弗里特踏遍蓋茲堡各戰場，熟悉每個戰役環節反思沉澱，這確實是最棒的準備，讓他彷彿重回歷史現場。

主辦單位也發邀請函給全部的國會議員、林肯總統與內閣團隊，大部分人都謝絕出席，但林肯居然回覆要出席，主辦單位大吃一驚！於是開始思考到底是否邀請林肯也發表演說。很多委員表示反對，認為林肯沒有充足時間準備，就算騰得出時間，也還有實際層面待考量：林肯總統很擅長解放黑奴辯論，於庫伯聯盟（Cooper Union）的精采演說也讓他贏得得共和黨提名，奠下總統勝選基石，但林肯從未對偉人或烈士發表過任何致敬演講，公墓落成又是較莊嚴肅穆的場合，到底要不要冒險邀請林肯也發表演說呢？主辦單位想破了頭，苦惱不已。老實說事後看來，要是主辦單位可以穿越時空見證林肯的現場演說實力，當時反倒會花上千倍的時間苦惱該怎麼邀他來演講！林肯當年在蓋茲堡發表的歷史性演說至今仍為人所津津樂道，被譽為人類史上最經典的演說之一。

落成典禮前兩週，慢半拍的主辦單位終於寄出演講邀約，請林肯總統「說幾句合宜的話致意」；他們居然有膽這樣寫信給美國總統，事後看來格外令人莞爾！

林肯馬上著手準備講稿。他首先寫信給埃弗里特，取得對方預

計發表的講稿。過了幾天他得讓攝影師拍照，於是林肯利用零碎的時間，就在照相間讀起埃弗里特的講稿。不到兩週的時間內，他利用工作閒暇仔細琢磨，從白宮移動到戰情室，或等待攝影師到達前反覆思考，在標準書寫紙上粗略寫個草稿，塞進高帽上方，鍥而不捨地用思考灌溉講稿，漸漸讓內容更豐富茁壯！登台演講的星期天前他對私交頗深的記者諾亞‧布魯克斯（Noah Brooks）表示：「我的講稿還沒真正定稿，雖然早已重寫兩三次，我還是會『雕琢』到滿意為止。」

　　林肯提早一晚抵達蓋茲堡，當時整個小鎮車水馬龍，原本只有一千三百人的人口突然暴增到一萬五千人。人行道上萬頭鑽動，許多男女必須走在馬車道上，同場加映六個樂隊表演，大家齊聲哼唱廢除黑奴運動聖歌〈John Brown's Body〉。當時公墓計劃重要成員大衛‧威爾斯（David Wills）招待林肯住在他家，群眾就聚集在威爾斯大宅前鼓譟，希望林肯露面來段演說，林肯從善如流現身但婉謝群眾好意，與其說圓滑，倒不如說林肯很堅定明確，因為他希望利用那個晚上「精雕細琢」隔天的重頭戲講稿。他甚至跑去找睡在側屋的美國國務卿西華德（William H. Seward），念了一次給西華德聽，希望對方批評指教。隔天吃完早餐，林肯繼續反芻講稿「去蕪存菁」，直到有人敲門提醒該出發前往典禮現場了。卡爾上校（Eugene Asa Carr）當時騎馬跟在林肯身後，他回憶當年：「整個隊伍騎馬動身時，林肯總統挺直背脊英姿煥發，洋溢著統帥風采，但途中林肯身體微微前傾、四肢放鬆低著頭，似乎整個人沉浸在思緒中。」

　　「我想他大概反覆琢磨那十句不朽名言，抓緊時間把講稿『雕琢』得更加完美吧！」

有幾場演說由於主題並非林肯的興趣所在，結果自然不太理想，但他針對解放黑奴和聯邦政府的演說表現出類拔萃，最重要原因就是：林肯每分每秒都在沉思雕琢講稿，投入全心去感受。有位曾在伊利諾州和他共處客棧一室的故友回憶，演說當天他一醒來就發現林肯已端坐床上盯著牆壁發呆，而林肯開口第一句話就是：「美國如果分成一半擁護自由、一半維持奴隸制度的社會，絕對無法屹立不搖。」

耶穌基督如何準備講道？祂也是遠離塵囂獨自思考，孤身在野外遊蕩禁食四十日夜，清空所有思緒只專注琢磨上帝話語。根據門徒馬太回憶，耶穌經歷在曠野四十天考驗後，祂就開口宣揚神的道。這段考驗結束後不久，耶穌完成人類史上最受稱頌的偉大佈道：「登山寶訓」（Sermon on the Mount）。

你可能會說：「剛剛這些例子都很有趣，但我不敢奢望創造不朽的演說，只是想要偶爾上台講個話。」

沒錯，我懂一般人的普遍期望，正是為了你和其他有類似需求的讀者，才動筆寫下本書。但別忘了：無論你認為自己的演說多麼平凡渺小，從偉人身上學習絕對大有助益，別過度謙虛，盡量向他們看齊吧！

◉ 演說的準備教學

該怎麼挑選主題練習演說呢？答案是：**你有興趣的領域都可以**。大家最常犯的錯就是短時間內貪多、想要硬塞內容。記得，只要挑一兩個觀點充分探討就好，能夠做到這點已經算是幸運啦！

準備演講時，每個主題只要包含一兩個觀點就夠了，這也是最好的演講。

請事前挑定主題，預留時間多方思考，不分日夜讓這個主題在心中默默發酵，例如打理儀容、洗澡、走路、等電梯、吃個便飯、赴約途中、整理衣物、煮東西時……，利用這些零碎時間反覆琢磨，或是和朋友聊一下以刺激思考。

請自問自答這個主題有何爭議：例如你想討論「離婚」，那離婚的主因通常是什麼？對經濟或社交生活有何衝擊？要如何彌補負面效應？離婚相關法規應該全美各州一體適用嗎？為什麼？到底應不應該制定「離婚法」？是否該禁止離婚還是讓離婚程序更便民，或反之提高離婚門檻限制等等。

假設你想談談當初想學公開演說的動機，那就自問：我遇到什麼問題？預設成果為何？有公開演說經驗嗎？是什麼時候？過程順利嗎？在哪個場合演講過？為什麼公開演講訓練對商務人士有益？綜觀商界或政壇，有哪些人物因為自信、魅力與公開演講力同步提升，因此職涯三級跳？記得描述特定案例，匿名分享實際案例。

　　如果你能站著冷靜思考兩三分鐘，通常在剛開始嘗試演說的階段這樣已算不錯了，分享自己挑戰公開演講的動機當然很簡單，稍微花時間整合一下想法，幾乎不可能忘詞，畢竟只是分享自身觀察和內心追求，談論經驗並不難。

　　不過如果換成探討你的專長或專業領域，又該如何準備？當然你已累積足夠的素材，問題在於適當過濾並聰明編排，**別想在三分鐘內鉅細靡遺、什麼都講！**實際一點，避免蜻蜓點水式的膚淺呈現，應擷取一個主要觀點深入論述，讓層次更豐富！例如：當初為什麼選擇這個領域就業？純屬運氣還是深思熟慮過？最近遇到什麼困境或挫敗經驗？有什麼希望或實際成果？呈現活生生的人性面，讓聽眾聽見親身經歷，避免過度自我膨脹。**平穩、謙和的分享效果最好**、最引人入勝！這種切入角度幾乎是成功保證。

也可以換個角度思考你的行業：有面臨什麼危機嗎？對初入行的新人有什麼忠告？

或談談生活中圍繞身邊的人物，無論對方真誠或虛偽；吐露你的困擾、談談工作帶給你最有趣的體悟：人性！如果只是分享你職業的技術面向，聽眾大概意興闌珊，但**如果聊關於「人」本身，聽眾大多比較容易投入。**

大原則就是：別把演說變成單調宣傳！內容應盡量平易近人、深入淺出好消化，選擇你看過的實際案例、挑出你認為代表這些案例的核心真理。相信你自己也會發現，**探討案例比抽象概念更好切入主題**，印象較深刻也讓演講更精采！

不妨參考商業領域作家弗比士（B. A. Forbes）的祕訣，我們來看看他如何強調主管分派職責的重要性，留意關於描述「人」的八卦軼事：

時下很多大企業曾經都是一人擔綱「撐全場」，但隨著企業規模繼續發展，管理者的獨角戲可能就唱不下去了。儘管很多卓越的企業都是「偉大創辦人身影的延伸」，但如今企業的運作規模已大到即使是經營天才，也不得不找來足智多謀的同仁分攤管理重擔。

連鎖百貨創辦人伍爾沃斯（F. W. Woolworth）曾經跟我說，他一個人擔綱管理角色好多年，之後身體出了狀況，躺在醫院休養的那個星期他突然醒悟：要實現他心中對百貨業的願景，勢必得分享管理權！

伯利恆鋼鐵公司（Bethlehem Steel）有好幾年都是著名的「單人秀」經營模式，鋼鐵大亨施瓦布（Charles Michael Schwab）就是唯一領導人，直到尤金‧格雷斯（Eugene G. Grace）接棒，格雷斯自己不斷強調，他後來可是成為更堅定的「鋼鐵意志」主管。

喬治‧伊士曼（George Eastman）剛創立柯達公司（Eastman Kodak）初期都靠自己一個人經營，但伊士曼很厲害，老早就確立了高效率組織；其實芝加哥著名包裝大廠也是這樣，由聰明的創辦人先鞏固好組織架構。跟大家想像的相反，標準石油公司（Standard Oil）發展成超大企業體之後，老早就不是創辦人獨挑大梁了！

約翰‧皮爾龐特‧摩根（J.P. Morgan）創立傲人的資產管理王國，但他樂於物色人才並釋放權力，讓同仁共享經營職責。

當然很多豪情壯志的企業家都想獨力撐起大局，但不論他們樂不樂意，現代企業經營的規模之大，管理者釋權已成時勢所趨。

　　有些人談起自己的行業時，往往免不了犯下常見的錯誤，只聊自己感興趣的事物；講者難道不該嘗試讓聽眾樂於參與嗎？至少該為聽眾的個人利益著想。假設主題是投保火災險，就聊聊如何防火以保護個人財產吧！金融業者演講時可以建議聽眾該如何投資，想必聽眾也想提高收入吧？女性運動發起人到某地宣導全國性大規模活動時，如過強調當地有哪些附屬活動，當地聽眾自然會更有參與感！

　　演說前請先研究聽眾組成，思考聽眾的需求與盼望。做到這點可說是成功了一半！

　　部分演說主題準備時最好多讀點資料，研究其他人對相同主題的看法，或演講時說過的觀點，**但一定要自己先深思熟慮後才開始閱讀資料，這點非常重要，值得說三次！**一定要自己先思考琢磨過主題，才去圖書館找資料。你可以直接告知館員你的需求，如果平常沒有自己研究找資料的習慣，相信最後找到的資料量會讓你大吃一驚。可能有專書或某個辯論會的重點摘要、呈現正反雙方的關鍵論點，或蒐羅各種定期出版品的讀者指南、讓你一次掌握各種主題分類下的文章，還可能有各種年鑑甚至百科全書，數量多到看都看不完。別吝於閱讀它們，妄想留到下次再翻閱，就盡情參考吧！

◐ 儲備資料的祕密

　　植物學家路德・伯班克（Luther Burbank）辭世前不久曾說：「我常搞出一百萬個植物標本，就為了找出一兩個超棒的標本，然後把剩下九十幾萬個全部毀掉。」想要好好準備成功演說嗎？場面

就該搞這麼大！**想出一百個點子、淘汰掉九十個，留下等級優良的就好！**

請盡可能取得各種素材和資訊，拓展自我發揮的空間，你會更有自信也更踏實，畢竟你的觸角也更廣了！這個步驟不僅能提升心理狀態，也對演說整體成效助益良多，堪稱準備階段最重要的基本功，但很多講者無論是公開或檯面下都會輕忽這點。

亞瑟・鄧恩（Arthur Dunn）曾分享過：「我訓練過好幾百位銷售員、業務或產品展示人員，他們最大的弱點就是沒有徹底了解產品，沒把產品摸熟就開口推銷，自然走向失敗。」

「很多人拿到產品說明、練好一套說詞後，就急著往外衝到處兜售，這些人多半撐不過一週，而且很多連四十八小時都熬不過。因此訓練食品業務或銷售人員時，我會嘗試讓他們變成食品專家，要他們讀農業部公布的食品表，掌握食品內的水、蛋白質、碳水化合物、脂肪與無機物質，還要他們研究要販售的食品成分、去學校上課進修還得通過考試。我讓他們嘗試把東西賣給其他銷售人員，獎勵說得最棒的學員！」

「銷售人員對於花時間閱讀這些資料很沒耐心，他們常抱怨：『我們下游廠商可是大忙人耶！我才沒有時間討論這些，要是提到蛋白質、碳水化合物啦，他們才不會聽、也不知道這些是什麼。』我的回覆都是：『這些準備不是為了你的顧客，**而是為了你自己**，只要徹底研究過產品的來龍去脈，你對產品會有難以言喻的真實感受，**雙倍的動力讓你的心理狀態更加強大**，大到讓人難以抗拒，態度也更堅定。』」

成功的銷售員一定是徹底研究過產品的來龍去脈，客戶才會接受並下單購買。

　　傳記作家艾達・塔貝爾（Ida M. Tarbell）曾寫過標準石油公司的崛起而聲名大噪。幾年前她曾跟我分享，待在巴黎期間接到插圖月刊《麥克盧爾雜誌》（McClure's Magazine）創辦人麥克盧爾本人拍來的電報，邀請她為跨大西洋電報服務寫篇短文。於是她動身前往倫敦訪問歐洲區主管，蒐集充足資料後她並不因此滿足，仍希望建立自己大量的資料庫，她居然跑到大英博物館把全部的電纜形式研究了一番，讀了全部關於電報發展史的書，還去到倫敦郊區參觀電纜製造現場以及正在設置的電纜。

　　為什麼塔貝爾女士要蒐集這麼多資料？這可是比她的短文還要多出十倍以上的量。因為她知道即便學到的知識無法化為實際文字，也會在字裡行間增加說服力度，讓文采更精湛耀眼！

　　艾德溫・卡特爾（Edwin James Cattell）曾對約莫三千萬人公開演說，但即使是他也曾對我坦承，如果演講完心中沒有後悔、懊惱忘了提到某些觀點，就代表那場演講很失敗！因為他從多年累積的經驗中學到，出色的演講背後必定帶有充沛的儲備量：各種素材和資訊無一不全，涵蓋各個角度與面向，絕對超乎講者的演講長度好幾倍！

盡可能取得各種素材和資訊,建立大量的資料庫,並且消化吸收。

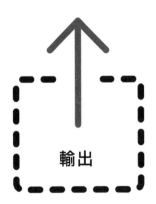

訊息完整,涵蓋各個角度與面向的演說,必定能吸引人。

重點摘要

一、 如果你充滿動力、不吐不快，那麼開口演說前已經成功一半了，
　　 加上妥善準備，你的勝率已經高達九成！

二、 準備的真諦是什麼？坐下來寫出制式範本？熟記名言佳句？都
　　 不是！應該發自內心端出真誠的想法，醞釀你個人獨到的見解
　　 再與聽眾分享。（實際案例：紐約的學員傑克遜先生買了本《富
　　 比世雜誌》，選了篇文章就上台演講，結果當然奇慘無比；第
　　 二次嘗試時他只把雜誌內容當成靈感來源，提出獨到觀點開展
　　 出新篇章，成功雪恥）

三、 不要只剩半小時才開始倉促打草稿，好的演講就像上等牛排需
　　 要小火慢烤，讓香氣口感層層累積。選定主題後花一星期琢
　　 磨，甚至在睡夢中也想著要讓觀點升級吧！和朋友討論看看，
　　 聊天時自然而然地提起，靈感降臨時就寫在紙上隨身攜帶，有
　　 空再拿出來反覆推敲。生活中各種平凡的零碎時間像盥洗、通
　　 勤或等上菜時，都是值得把握讓「靈光」照進腦海的珍貴片刻，
　　 這招連林肯總統等偉大講者都屢試不爽呢！

四、 獨力思考過一遍後，如果時間允許再到圖書館找參考資料，拓
　　 展主題深度。不妨直接告訴圖書館員你的需求，透過專業協助
　　 取得豐富素材。

五、參考資料的「儲備量」絕對要比預期使用的多出好幾倍！效法偉大的植物學家路德·伯班克，他做出百萬個植物標本只為了其中一、兩個完美版本，你也該想出一百種點子、淘汰九十個。

六、練出更深厚「內功」、深入挖掘演講主題背後的各種資訊。準備時請記得亞瑟·鄧恩是如何教育學員的：變成特定領域專家。效法傳記作家艾達·塔貝爾如何為一篇短文「長途跋涉」，大費周章到頭來絕不會白費功夫！

第三章

知名講者的
黃金準備期

我有次出席紐約扶輪社所辦的午宴，當天受邀的講者是位高權重的政府官員，與會人員引頸期盼，而且主題就是他所屬政黨打算推動的方案，相信全紐約商界都很感興趣。

　　講者本人當然很熟悉題目，也絕對掌握了比當天演講篇幅多出好幾倍的資訊，可惜缺乏妥善規劃，既未挑選合適素材，編排也不見應有的條理；缺乏演說經驗倒也讓他自信值大增，橫衝直撞地講完整場，徒留滿腹疑惑給全場觀眾。

　　總之，這位講者的**腦袋是「雜物間」，尚未整理就打開給聽眾檢視**。好比先上甜點才端出前菜，偶爾再丟些零食，最後整個餐桌都是湊不成套餐又難以下嚥的大雜燴！這位方寸大亂的講者是我看過最經典「反例」。

　　整場演講好像另類的即興演出，只要變不出把戲他就掏出紙條來看，坦承是祕書幫他整理小抄。其實不用他說，大家都看得出來！小抄也毫無意外地雜亂無章，像是隨意抓取桌上的一把紙條。他像在野外求生般努力尋找出口，緊張地翻閱著小抄，努力想「硬拗過去」但卻徒勞無功。跟聽眾道歉後用顫抖的手舉起水杯一飲而盡，說完幾個零碎句子後再重複相同論點、眼神再次飄向紙條……無助又困惑，窘迫不堪地流著汗，掏出手帕擦拭時手不停顫抖著。聽眾坐在台下見證慘劇，心中充滿同情，完全被講者的尷尬感染。與其說他很堅持「撐住場面」，不如說固執得盲目：停頓、看小抄再道歉喝水的橋段輪番上陣，全場只有講者自己渾然不覺這場演說絕無美好結局！當他終於結束掙扎回到座位上時，聽眾們都鬆了口氣。這是我出席過最不自在的演講，他也是我看過最羞愧丟臉的講者，就像大哲學家硬著頭皮談科學，上台時幾乎不知道接下來要說什麼、結束時大概也不知自己究竟說了什麼！

　　這次教訓印證了英國思想家赫伯特・史賓賽（Herbert Spencer）的告誡：「**知識如果沒有經過邏輯梳理，再怎麼絞盡腦汁思考只會剪不斷、理還亂！**」

> 腦袋雜物間未經整理的話，上台時必然不知道究竟該說些什麼。

> 經過邏輯梳理的資訊，必能讓聽眾得到清晰的印象。

📣 圖片提供：《心智圖筆記術》作者胡雅茹

　　沒有初步計劃或設計大概沒人敢動手蓋房子吧？那又是哪來的勇氣腦袋空白、連大綱都不擬就開口演講呢？演說應該是方向明確的航行，有紮實的航程規劃當導引，漫無目的啟程只會在海面漂泊、無處停靠！

　　這句拿破崙的名言我真想裱框掛起來讓每個學員隨時都看得到：「戰爭的藝術其實是精準科學計算，每個行動都經過反覆推敲、縝密思考。」

　　想要征服公開演講也該如此！即使演講者深知這點，大家真的都有確實執行嗎？很可惜未必，多半都是急就章草率編排，結構粗糙得像小學生塗鴉！

蒐集到點子後怎樣做出最出色有效的編排呢？只能仰賴深入研究。每次演講都是全新的開始，講者必須不斷自問如何擬稿、整合最棒的菜色端上桌，沒有讓你按著步驟操練的固定食譜。不過我會提供實際案例，請參考以下條理分明的編排示範。

◉ 得獎感言的幕後編排

以下是數年前在全美不動產協會（National Association of Real Estate Boards）上的精采演說，當年在以「城市」為主題的演講比賽中擊敗二十七名參賽者奪冠，放到今天來看依然非常出色。結構理想地呈現完整真實資料，清楚且吸引力十足，傳達的堅定信念足以說服觀眾，堪稱典範。

主席與各位朋友大家好：

早在一百四十四年前，美利堅合眾國在我的家鄉費城正式誕生。費城見證了美國興起、驕傲活出美國精神的精髓，不僅是全美工業重鎮，也是全球數一數二的魅力都會區。

費城人口總數逼近兩百萬，總面積相當於密爾瓦基加上波士頓、巴黎與柏林，一百三十平方英里的壯闊土地上，有多達八千英畝規劃成公園、廣場與大道等公共建設，讓費城居民有充足的空間休閒娛樂，展現美國公民應得的優質生活面貌。

我親愛的朋友們，費城不僅是遼闊乾淨的美麗城市，也是知名

的「世界工廠」，有多達四十萬人為九千二百家知名製造業貢獻產值，上班日每十分鐘，費城就齊心協力製造出價值十萬美元的實用商品。根據可靠的統計來源，在羊毛、皮革、針織、布料、毛氈帽、五金、工具、電池、鋼鐵造船與許多商品方面，費城都交出傲視全美的優異成績單！每兩小時就打造出一台火車機組，出品的路面電車服務了全美超過一半人口，每分鐘能生產一千根雪茄。去年在費城一百一十五家織襪廠賣力運作下，全美不分男女老幼每人平均都有兩雙襪子產自費城，織品業生產的地毯量還超過英國加上愛爾蘭的產量。事實上光是在去年，費城豐沛的工商業產能已締造高達三百七十億的銀行結餘款，拿來支付全美自由債券還十分充裕、完全沒有問題。

費城同時也是全美最大的醫療與藝文重鎮。對我們費城人來說，亮眼的工業發展固然值得驕傲，但其實最讓我們驕傲的是：費城市區多達三十九萬七千戶獨立住宅，穩坐全球第一。如果以二十五英尺的標準房型計算，讓這些住宅並連成排，總長高達一千八百八十一英里，可從費城連到這個演講廳、經過堪薩斯市再一路連到丹佛市！

不過希望大家記得的重點是：這些屋主都是美國的工薪階級。當人民有了安身立命的居所，生活穩定、人心安定，就不必擔心社會主義和布爾什維克派（Bolshevism）的入侵。

費城完全不給歐洲封建制度任何生存空間！我們的住宅、教育制度與工業蓬勃發展都展現出最道地的美國精神，承襲開國元

老遺留的風範滋養自由民主思潮並持續茁壯。費城製造出史上第一面美國國旗、見證過第一次美國國會開議,也是獨立宣言的簽署地,歷史資產豐富、深受全美愛戴。知名地標自由鐘(Liberty Bell)啟發數萬人尊崇美國精神,持續追求自由價值,而非本末倒置而過度重視對財富的追求。期望在上帝的祝福下,華盛頓、林肯與羅斯福等偉大前總統的遺風能持續吹拂各地、昇華全人類的心靈世界!

我們來解析一下這篇講稿的架構與影響力。首先,整體結構相當完整,這點的難度可能超乎大家想像——必須把握每分每秒,才不會過分離題而飄離骨幹。講者個人特色鮮明且開場白原創性十足,讓大家耳目一新,直接點明費城就是美國的誕生地,把其他參賽者遠遠甩在後頭!

演講中提到費城是全球最大的美麗都市之一,但這個論述稍嫌籠統平淡,印象並不深刻,講者自己也很清楚,因此他生動地描繪費城的輪廓:「總面積相當於密爾瓦基加上波士頓、巴黎與柏林。」跳過冷冰冰的數字、出人意表地讓費城活生生浮現聽眾腦海。

接著他點出費城是知名的「世界工廠」,聽來像競選文宣般浮誇,但他沒有立刻轉移到其他重點讓聽眾心中留下疑惑,而是仔細列舉費城傲視全球的優質產品:羊毛、皮革、針織、布料、毛氈帽、五金、工具、電池、鋼鐵造船等等。

這樣是不是馬上擺脫空洞口號、讓內容紮實許多?

費城「每兩小時就打造出一台火車機組,出品的路面電車服務了全美超過一半人口」。相信大家聽了都會覺得:「我以前都沒想過,原來昨天搭的電車就是在費城製造的,明天要再搭一次!」

「每分鐘能生產一千根雪茄……全美人口不分男女老幼每人平均都有兩雙襪子。」於是聽眾印象愈發深刻：「我最愛的雪茄原來是在費城做的……抽屜裡有幾雙襪子說不定也是？」

接下來講者做了什麼？回頭談論費城面積再補上幾個遺漏的重點？都沒有，他完整論述每個觀點且不重複，讓聽眾更為投入。

很多講者都犯了致命錯誤──在各觀點間「折返跑」、瑣碎贅述。沒有按部就班地論述「1、2、3」，而是「5、8、9、4、6、7」這樣亂跳，讓聽眾如墜五里霧中。更糟糕的講者甚至會「隨機」抽選論點，看起來就像直接在現場「當機」。

1、2、3、5、8、9

這位優秀的講者按著計劃把握分秒，沒有浪費時間繞遠路囉嗦，清晰呈現每個觀點，就像費城出品的火車機組般在軌道上穩定行駛。

但這篇講稿終究也有弱點。他宣稱：「費城同時也是全美最大的醫療與藝文重鎮。」可是講完這句話之後並沒有其他佐證，無法讓費城形象鮮活地印在聽眾腦海，畢竟人腦不像電腦一接收指令就「很有畫面」。講者自己也很清楚這句實在太籠統膚淺、不能說服聽眾。怎麼解決呢？比照「費城就是世界工廠」的操作模式！但得克服限時五分鐘在鈴響前做出取捨、把剩餘時間花在刀口上。

　　首先丟出「費城市區多達三十九萬七千戶獨立住宅，穩坐全球第一」，搭配數字抓住聽眾注意力，再追擊「以二十五英尺標準房型計算，讓這些住宅並連成排，總長高達一千八百八十一英里，可從費城連到這個演講廳、經過堪薩斯市再一路連到丹佛市」。

　　相連到天邊的「萬里長城」比喻力道十足！相信聽眾聽完大概就忘了實際長度，但這個畫面絕對深印腦海揮之不去。

　　講者對生硬數據的操作模式確實成功，但距離雄辯奇才的境界還差臨門一腳：以高潮作結打動聽眾、讓「動心」的感受延續到演講結束。於是他把握主場優勢，闡述這些住宅為美國人民所有的深層意義，塑造費城抵禦「社會主義和布爾什維克派的入侵」且至今仍「滋養自由民主思潮持續茁壯」的堅定形象，多麼神聖的兩個字：自由。為了自由，無數開國先驅犧牲自己，但講者可沒丟出這兩個字就甘願了，他又接連拋出更多有力佐證，讓聽眾「甘心」買帳：「費城製造出史上第一面美國國旗、見證過第一次美國國會開議，也是獨立宣言的簽署地……自由鐘……美國精神……期望在上帝的祝福下，華盛頓、林肯與羅斯福等偉大前總統的遺風能持續吹拂各地、昇華全人類的心靈世界。」結尾高潮可掀得真高！

　　這篇演講稿實在有太多優點可說，但是就算草稿架構再紮實，演說中途仍可能因臨場表現不佳而搞砸，或者過度冷靜反而會不夠

感人。但這名講者不脫稿演出，以發自內心的真實情感擊出動人力
道，能拿下冠軍、捧回金盃真正實至名歸！

◉ 康維爾博士的準備密技

就像我跟大家解釋過的，編排講稿並沒有必勝的完美作法或標
準流程讓大家能夠直接照做，也沒有一張藍圖或架構能夠一體適用
全部的演講，不過倒是有曾經發揮顯著成效的演說規劃可供大家參
考。

暢銷書《鑽石就在你家後院》（Acres of Diamonds）的作者羅
素・康維爾博士（Russell H.Conwell）生前曾跟我分享他屢試不爽
的準備方針：

康維爾博士的準備密技

1. 陳述事實。
2. 闡述事實。
3. 行動訴求。

以下步驟也成功幫助過許多講者激發聽眾認同：

1. 指出缺失。
2. 解釋如何補正。
3. 呼籲應採取行動來配合。

或參考另個版本：

1. 點明應補救的情況。
2. 應「起而行」並說明如何落實。
3. 說明參與的理由。

也可參考下列步驟：

1. 引起聽眾興趣。
2. 建立聽眾對你的信心。
3. 提出論點並點出你的建議有何優點。
4. 激發聽眾動機、採取行動。

◉ 名人構思演說的訣竅

前參議員阿爾伯特·貝弗里奇（Albert Jeremiah Beveridge）寫過一本輕薄短小又力道十足的實用書籍《演說的藝術》（The Art of Public Speaking），以輝煌的參政資歷提供建言：「**講者應摸熟主題，鉅細靡遺收集各種資料，再編排、研究並消化，最好不要偏食、每個切入點都搭配相應素材。且應蒐集實際佐證而非推論或未經證實的觀點，不要認為理所當然、拿來就用。**」

「每個論點都要經過驗證，自然免不了痛苦的研究過程，但想想：講者本就該告知、指示並建議聽眾如何因應，因此確立威信至關重要。」

「彙整好某個議題的事證資料之後，自問這些素材指向什麼『解決方案』，讓演講充滿原創性與個人觀點，才能發揮說服力把

你這個人『放進去』，接著就是清楚且合乎邏輯地寫下看法。」

換句話說，**大家應盡力呈現正反事實，再點明這些觀點勾勒出什麼結論。**

曾有人請教前總統伍德羅・威爾遜（Woodrow Wilson）如何準備演說，他分享道：「我會先列出想要說的主題，讓這份清單在腦海裡自然依照相互關係排列組合出『骨架』、再速記標出『肌肉』，我很習慣利用速記法、事半功倍！然後再打字出來潤飾詞語、修正句型並添加想法。」

老羅斯福總統自有他的一套「羅氏法則」：先挖掘出相關事實資料、檢閱並評估有何新發現，再以無可動搖的堅定立場丟出「羅氏結論」。

接著他會把一疊筆記放在眼前開始試講，保持一定的語速讓表現更自然、展現個人活力，然後再看一次打好的講稿，修改或增刪論點並用鉛筆寫下註釋，最後再說一遍。「我人生的所有成就皆源自於肯下苦功、明智判斷、細心規劃並提早在事前做足功課。」

老羅斯福在試講階段會邀請別人給予意見，但他不會花時間和點評者爭論看法，他對自己的觀點很有信心，希望聽到對方建議「怎麼說」而非「說什麼」。他看著打好的講稿反覆試講、修剪潤飾提升內涵，造就一篇篇各報刊爭相報導的優質演講。

老羅斯福當然不會死背硬記，而是自然發揮，因此報紙刊載的講稿和實際演說的內容常有出入，但這不影響我們學習他反覆試講並修正的準備方式。他也藉此更熟悉演說內容與各論點順序，讓自己聽起來更流利自信，這也是達到最佳潤飾成果的不二法門。

名人構思演說的訣竅

❶ 熟悉主題
❷ 收集資料
❸ 編排、研究、消化
❹ 查核事實

整合資料

❺ 驗證論點
❻ 勾勒結論
❼ 反覆試講練習

檢閱評估

❽ 增刪論點
❾ 修潤詞句
❿ 完成最理想的演講準備

順暢流利的講稿

　　歐里佛‧洛茲（Oliver Lodge）爵士曾跟我說，他會快速試講已紮實構思過的講稿，想像自己就站在聽眾眼前。他認為這是最理想的準備與練習。

　　很多演說訓練課的學員認為錄下試講內容再回放重聽很「受用」，我同意這種練習很有效益，但聽自己的演講大概也會「受傷」：對自身表現的美好想像容易就此幻滅！不過這確實是很全面紮實的練習方法，非常推薦。

　　寫下自己演說的內容會督促你開始思考、釐清觀點並開始記在腦中，省下無謂空想的時間，講得更順暢流利。

　　班傑明‧富蘭克林（Benjamin Franklin）在自己執筆的《富蘭克林自傳》中分享他精進演說的心得，解釋如何提升用字遣詞、自學編排觀點。他的人生故事就像本精彩的文學名著，但比起其他經典來說又更淺顯易懂，閱讀過程十分愉悅，就像在看他示範「平凡但直接明確的英文寫作」，很推薦有志成為傑出講者或想精進寫作者細心閱讀，不僅大有助益也頗富樂趣。以下節錄我認為很有趣的段落：

　　這時我剛好拿到第三期的《旁觀者》（Spectator）期刊，之前我從沒讀過這本奇特的刊物，買來後反覆閱讀好幾遍讀得超起勁！我認為寫作風格很出色甚至想模仿，於是拿紙速記幾句心得，過幾天再延伸寫作、把情感表達得更完整，盡可能達到期刊內容的水準，並用我能想到最適當的字眼來描繪。

　　我把自己的作品拿來跟期刊相比、糾錯並修正，藉此累積豐富詞彙，也訓練自己能回憶並好好善用，當初如果早點開始練習

寫作就能更早學會了！

因為常要考量篇幅、表達手法甚至押韻等用字遣詞，長期訓練自己換句話說的功力後腦海中也築起「多元語詞庫」，我會在這個庫房裡翻找修改、督促自己更確實掌握累積的詞彙。

有時我會從中讀取想法來用再歸檔回去，有時某些觀點被我反覆翻弄得太混濁，幾星期後便會再努力重新彙整成清晰論點、完成一篇文章。**這就是我訓練自己編排論點的方式！**接著我會拿期刊內容比較，找出錯誤的地方進行修繕，不過有時少數特定觀點我寫得比原作更好，這種小發現總是給我莫大鼓勵，相信假以時日自己一定會成為受歡迎的作家。

◉ 把玩筆記打出好牌

上一章我建議大家要寫下筆記，在紙條上寫下各種想法再自己玩個「單人遊戲」：把紙條依照關聯性分類成一堆堆，每堆紙條就大致象徵了演說的重點。接著把同堆紙條再細分，捨棄雜亂無章的部分，只留下最關鍵的論點；有時即便是相關論點也要慎選取捨，因為正常情況下沒有任何講者可以一次說完全部資料。

修改的過程應該不斷持續直到演說當天，演說當下也很有可能冒出新點子或想出更多改進的方式。

優秀的講者通常在演說落幕後會發現自己創造了四個版本：第一個是事前準備版，第二個是實際演說版，第三個是報紙刊載版，第四個就是演說完回家途中自認可以「說得更好版」。

◑ 演說中途該看小抄嗎？

　　雖然林肯總統是個優秀的臨場演說家，但他入主白宮後就算只是對內閣發表非正式演說也會謹慎擬稿做足準備。當然就職典禮當天他是看稿演說，畢竟這類歷史性重大場合無法容許任何脫稿演出，不過林肯先前在老家伊利諾州巡迴演講時從沒看過小抄，他認為：「瞄小抄只會讓聽眾厭倦困惑。」

　　我想大家應該都同意林肯的見解吧？我們自己當聽眾時若遇到講者低頭看稿，也會瞬間熄滅一半熱忱對吧？對聽眾和講者之間珍貴的默契和親密感而言，看稿演出無異是致命傷（至少也會是個阻礙），讓演講瞬間多了很做作的「人造感」，聽眾也很難感受到講者的自信或潛力。

　　再次強調：準備期間請盡量詳細做筆記、深思熟慮構思觀點，自己獨力試講時可以看稿練習，實際面對觀眾時講稿收在口袋也會

增添自信。但請切記，**講稿就像個緊急逃生出口，僅限危急時才可以破窗逃難！**

如果非看稿不可，請盡量縮減內容、用大字體寫滿一張紙就好，演講當天提早到場把這張小抄藏在講台上的書本後，逼不得已時再瞄幾眼，但請盡力別讓聽眾看穿你的弱點！

雖然說了這麼多，不過某些情況下運用小抄確實比較明智。例如有些人剛開始演說時，會因過度緊張焦慮，完全無法想起自己準備過什麼。結果呢？當然是荒腔走板！再怎麼謹慎的事前演練還是敵不過臨場腦袋一片空白，失控的表現就像車子打滑一路衝下山谷，這時就該手裡握著講稿大綱，先力求表現穩定。幼兒剛學走路也是得扶著桌椅，但這個狀況不會持續太久。

● 別一字不差死背

別照稿念、但也別死背稿，不僅浪費時間，結果也會很慘烈。我知道即使已經事先警告過，很多人還是會嘗試把講稿一字不漏地背起來。你猜，站上台時這些人腦中會閃過什麼？會想到他們要傳達的訊息嗎？當然不會！只會嘗試回想稿子上到底寫了什麼、用的是哪個詞，此時腦袋只能「倒帶」回憶，根本無法往前看，**違逆了人腦的自然運作**，表現當然僵硬，喪失人性色彩。

別照稿念、但也別死背。

我誠摯懇求大家，千萬不要浪費人生去背誦講稿。

如果明天你要參加商務面談，會坐下來一字不漏地背起該講的內容嗎？當然不會。你會動腦思考直到大綱輪廓清晰浮現為止，可能會寫一點筆記再查找資料，對自己說：「我應該提這點跟那點，因為某些原因要做些什麼……。」再對自己詳細說明理由並用實際案例加強說服力。這樣準備商務面談應該沒問題吧？那何不運用這種常識來準備演講？

◐ 格蘭特將軍的終局之戰

美國內戰期間，南方軍統帥李將軍（Robert E. Lee）請求北方軍統帥格蘭特將軍（Ulysses S. Grant）寫下投降條款，因此格蘭特將軍便詢問侍衛官帕克將軍（Ely S. Parker）並取得寫作素材，事後格蘭特將軍在回憶錄中寫道：「我拿到紙筆後其實根本不知道寫這種條款要用什麼字眼開場，但我知道想法正在成形而且我想清楚表達，因此就照著感覺寫不會有錯。」

格蘭特將軍確實不必知道該用什麼詞開場，只要心中有想法、確信的理念、急欲清楚表達的充足動機，慣用的詞彙就會不自覺傾巢而出——其實這個方法對大家都適用。覺得有點懷疑嗎？找個人給他一拳，等到他回過神來就會破口大罵、流暢到根本不必花時間多想。

偉大希臘文哲賀拉斯（Horace）兩千年前就寫下這段話：

別花時間琢磨用字遣詞，多花時間挖掘事實並思考，豐富語彙自然而然就能手到擒來。

腦中確立清晰想法後請從頭到尾演練一遍，默默地讓整篇演講在心中醞釀，利用靜靜等待水燒開、散步通勤或等電梯的時間思考，然後找個房間獨處，大聲試講並搭配手勢為演說增添活力色彩。出身英國聖公會坎特伯雷座堂（Canterbury）的神學家坎農‧諾克斯里托（Canon Knox Little）曾說，同一篇佈道內容，傳教士必須說上十幾遍才能傳達箇中真諦，那麼換成我們不也該準備演練這麼多次，才有把握清楚表達中心思想嗎？請想像聽眾就在台下，沉醉在想像的情境盡情練習，這樣當你真正面對聽眾時就像見到熟悉老友般，無往不利！

可找個獨立空間大聲試講，並搭配身體動作、臉部表情、聲音變化等，可為演講增添活力色彩。

◎ 農民為何覺得林肯「好吃懶做」

　　以下提供大家名演說家的練習方法，照著做就等同「師出名門」喔！前英國首相勞合‧喬治還在威爾斯老家參與辯論社活動時，就常常在鄉間小路漫步，對著樹叢試講、比手畫腳。

　　林肯總統年輕時也常在三、四十英里的路途間往返，就為了聆聽知名政治家布雷肯里奇（John C. Breckenridg）的演講。林肯聽完後內心慷慨激昂，立志成為演說家，於是找來農場裡的僱工同事

們當聽眾，站上樹樁就開始演講、說起故事，於是惹怒了雇主，大罵在田裡演出演講秀的林肯「好吃懶做」，用笑話跟話術誤導視聽。

前英國首相阿斯奎斯（H. H. Asquith）原本是牛津學生辯論俱樂部的活躍成員，之後他甚至自己成立同好會。美國前總統威爾遜也是先參加辯論社團學習演說，亨利・沃德・比徹（Henry Ward Beecher）、知名政治家埃德蒙・伯克（Edmund Burke）、美國史上首位女性新教部長布萊克威爾（Antoinette Blackwell）與女權運動倡議者露西・史東（Lucy Stone）也是如此，前美國國務卿羅托（Elihu Root）在政壇留名前曾在紐約 23 街 YMCA 的讀書會練習演說呢！

回顧這些知名講者的輝煌生涯你會發現共通點：**練習、練習、還是練習。**參加公開演說訓練課程後如果要進步神速，那就得練習最多。

什麼？你說沒有時間練習嗎？試試看美國前外交官約瑟夫・喬特（Joseph Choate）的練習方式吧！他買完早報後會在通勤時間就攤開閱讀，避免有人找他攀談，但他可沒浪費時間看不重要的花邊新聞或八卦，而是在腦中不斷思考、規劃演說的內容。

錢西・德普（Chauncey M. Depew）不僅是鐵路公司總裁還是著名參議員，儘管事業繁忙，他幾乎每晚都會發表演說。他曾說：「我不會讓演講行程干擾正職工作，都是利用晚上五、六點下班剛回到家的零碎時間來準備。」

每個人每天都有幾個小時的自由時間，遺傳學之父達爾文（Charles R. Darwin）健康狀況不佳，他只不過善用了二十四小時中的三小時辛勤工作，就成為流芳百世的科學家。

老羅斯福總統在白宮辦公時，常常一整個上午都排滿面談，每

次長度約五分鐘的面談接連而至，但即使這樣他還是會在手邊放本書，利用零碎空檔翻閱。

如果你還是忙到時間捉襟見肘，不妨讀讀阿諾德・貝內特（Arnold Bennett）的精采名作《如何度過一天二十四小時》（How to Live on Twenty-four Hours a Day）。一次撕下一百頁塞進口袋有空就拿來翻，我就是這樣用兩天看完整本書，從中學會如何節省時間、善用分秒。

我們都需要偶爾抽離工作情緒，那就把練習時間當成放鬆調劑、在家與親朋好友排練即席演說吧！

如果你忙到時間捉襟見肘，不妨利用下班的通勤時間或是零碎空檔準備。

重點摘要

一、誠如拿破崙所說：「戰爭的藝術其實是精準的科學計算，每個行動都經過反覆推敲、縝密思考過。」演說的藝術也是如此，就像方向明確的航行，有紮實的航程規劃當指引，才不會流浪海面、無處停靠。

二、論點編排和講稿結構並沒有萬用法則，每場演說都有不同考量。

三、每提到一個重點都應完整論述並且不再重複，請參考以費城為主題的冠軍演說範例；不要蜻蜓點水，提了多個論點又回頭贅述、原地打轉。

四、參考羅素‧康維爾博士如何打造成功演說：

　　1. 陳述事實。

　　2. 闡述事實。

　　3. 行動訴求。

五、參考以下實用的結構範例：

　　1. 指出缺失。

　　2. 解釋如何補正。

　　3. 呼籲應採取行動來配合。

六、也可參考以下步驟：

　　1. 引起聽眾興趣。

　　2. 建立聽眾對你的信心。

　　3. 闡述事實。

　　4. 激發動機、呼籲採取行動。

七、美國前參議員貝弗里奇誠心建議：「講者應呈現正反觀點，鉅細靡遺收集各種資料，再編排、研究並消化，證明論點並確認真偽，同時思考這些論點指出什麼解決方案。」

八、林肯總統演講前習慣「精算推演」構思結論，即使已滿四十歲、也成功入主了國會，他仍研究幾何學，秉持求真的科學精神仔細闡述觀點、導出結論。

九、老羅斯福總統準備演講時，會挖掘全部資料逐一評估，快速試講再修正打好的講稿，最後再重新試講一遍。

十、如果可以的話最好錄下試講的內容，再自己聽聽看。

十一、看稿會抵消掉聽眾對演講的一半投入。請避免看小抄，就算要看也千萬不要照念——沒有人受得了看講者表演念稿。

十二、構思好講稿也編排過內容後，請利用閒暇時間在腦海裡默念，找個地方從頭到尾完整練習，搭配手勢想像自己站在聽眾面前、放手去做！只要頻繁模擬練習，面對聽眾時就能自在進入狀況。

第四章

漸入佳境的
記憶力

知名心理學家卡爾‧西蕭爾（Carl Seashore）曾說：「一般人只善用了不到百分之十的記憶容量，另外百分之九十都浪費在對抗記憶自然法則！」

　　你也是白白浪費記憶力的人嗎？那麼除了人際關係，想必在經濟上也蒙受不少損失。好好讀完這章，甚至反覆多讀幾次了解記憶的自然法則，對工作、交友甚至公開演講都會大有助益！

　　所謂「**記憶的自然法則**」其實很單純，所有「記憶系統」都建立在構成法則的三大元素上，簡單來說就是：**印象、重複與聯想。**

| 印象 | 重複 | 聯想 |

　　記憶的第一要素別無他法：留下深刻鮮明、難以抹滅的**印象**，且要非常**專注**才能辦到。老羅斯福總統以過人記憶力聞名，超凡表現來自「深刻」地刻劃在腦海而非浮光掠影的印象，這歸功於他在艱困環境下仍持續不斷的自我訓練。1912 年在芝加哥舉行進步黨大會（Bull Moose Convention），老羅斯福下榻的議會大飯店（Congress Hotel）樓下人聲鼎沸、擠滿支持群眾揮舞旗幟大喊：「老羅斯福萬歲！老羅斯福萬歲！」群眾鼓譟與樂隊演出此起彼落、大批政客來來去去，加上一堆開不完的會議，正常人早就分身乏術，但他就是有辦法坐在房間搖椅上心無旁騖地閱讀希臘歷史經典。當

老羅斯福橫越巴西叢林時，晚上一到營地就馬上找了個乾燥樹蔭立起板凳，就這樣看起英國作家吉朋（Edward Gibbon）的名著《羅馬帝國衰亡史》，專注到完全忘了巴西正下著雨、營地多種活動吵雜上演，熱帶雨林不斷發出各種雜音也干擾不了他，難怪老羅斯福總能過目不忘！

　　即便只能聚精會神五分鐘，高品質思考的效率遠遠超過整天發呆亂想。知名傳教士畢奇爾（Henry Ward Beecher）曾寫道：「一小時的專注遠勝多年不著邊際的空想。」帶領伯利恆鋼鐵公司（Bethlehem Steel Company）邁向年收益破百萬美元榮景的偉大企業家尤金・格雷斯（Eugene Grace）也曾表示：「我最重要的體悟、也是我每天必定實踐的功課就是：專注在我手邊的工作。」

　　專注就是掌握卓越能力的關鍵，也是發揮過人記憶力的竅門。

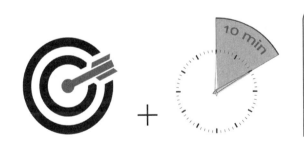

專注於高品質思考，短短幾分鐘的效率，遠遠超過整天發呆亂想。

◐ 視而不見櫻桃樹

　　湯瑪斯・愛迪生（Thomas Edison）曾發現他有二十七名員工連續六個月，天天從他的燈泡工廠走到紐澤西的門洛帕克（Menlo Park）實驗室，這條路旁長著一棵櫻桃樹，可是愛迪生問起這二十七人，卻發現根本無人注意。

愛迪生頗有不滿地批判：「一般人連看到事物的千分之一都沒有好好深思觀察過，人類真正實踐的觀察力低落得可怕。」

隨意介紹兩三個朋友給別人認識，然後你就會發現不消兩分鐘，新朋友的名字就被忘得一乾二淨啦！這是因為從一開始就沒有付出足夠注意力，也沒有準確觀察新朋友的特色。通常這時對方的理由都會是記性不好，但其實是觀察力不佳。在霧中取景的話，我想大家都不會怪相機拍出模糊照片，那麼人腦在「霧茫茫」的模糊印象中，要如何過目不忘？

約瑟夫‧普立茲（Joseph Pulitzer）一手打造暢銷報刊《紐約世界報》（New York World），他要求編輯室每個員工桌上都擺著這三個詞：

> **準確、準確、準確。**

這也是我們的目標！認識新朋友時要求對方報清楚姓名、堅持要對方重複說一次並拼出來。看到你這麼熱切誠懇，我想沒有人會不開心！同時也能夠因為專注而記得對方，成功在腦海中留下清晰的正確印象。

◉ 林肯大聲朗誦的祕密

林肯年輕時在鄉下學校求學，教室的地板鋪著廉價碎木片、泛黃油膩的薄紙糊在窗框上充當玻璃，全班只有一本由老師大聲朗誦的教科書，學生就跟著此起彼落地複誦，吵雜到左鄰右舍都戲稱這

是個「叫」室。

　　林肯的「叫」室生涯讓他養成一輩子好習慣：**只要想記得什麼就一定會大聲唸出口**。每天早上到春田郡（Springfield）的法律事務所後，他就癱坐在沙發把長腿搭在椅子上「開口讀」當天報紙。他的合夥人回憶道：「他好煩人！我都快瘋了！有次問他幹嘛要這樣看報紙，他回我『唸出聲來我就有兩個句子的機會捕捉文字意思，一次是我眼睛看到的，另一次就是我聽見自己說，這樣我便能銘記於心。』」

　　林肯擁有超能非凡的記憶力，他曾說：「我的腦袋就像塊金屬板，要留下痕跡得費工夫刻鑿，但只要留下痕跡就很難抹掉。」林肯就是利用兩種感官刺激來留下深刻印象，你也可以有樣學樣！

　　理想狀況下除了「看跟聽」想記得的內容，最好還能「摸、聞、嚐」。**不過最重要的還是要「看」到**，人類是視覺記憶的動物，眼睛捕捉的印象會留存，例如忘了某人的名字但對長相仍有印象。連繫眼睛與腦的神經，比起連繫耳朵與腦的神經足足大了二十五倍，「百聞不如一見」這句成語形容得十分貼切。

　　寫下名字、電話號碼還有你想記得的談話內容，看一下你寫的東西再閉上眼，讓剛寫下的文字在腦海中閃閃發亮、重新上映！

林肯的「叫」室生涯讓他養成一輩子好習慣，也練出超強的記憶力。

馬克‧吐溫不看稿演說

名作家馬克‧吐溫（Mark Twain）成功抓到視覺記憶的訣竅，擺脫演說弱點。以下是他與《哈潑雜誌》（Harper's Magazine）分享的真實故事：

日期這種數字特別難記：數字不僅表面看來單調也難以留下印象，多個數字也無法構成畫面，所以光看根本記不住。但只要有畫面就可以記住日期，人透過畫面就能記得很多事，尤其自己創造畫面效果最好！這點我個人很有經驗。三十年前我幾乎每晚都要背稿演說，而每晚我都要死讀硬記一整頁整理好的筆記、避免搞亂論點順序，這張筆記上寫著每句台詞的開頭、總共十一句，讀起來差不多像這樣：

- 那區的天氣……
- 當時的習俗……
- 但在加州沒人聽過……

就這樣十一句，每句以開頭代表整個演講的大意，避免不小心遺漏重點，可是我覺得每個句子看起來都好像、根本無法形成畫面。就算都死背下來我仍沒把握記對句子順序，只好隨身帶著那頁筆記不時複習，保險起見甚至還做了「備案」：把每個句子的第一個字母分別寫在十個指甲上！但根本沒用。剛開始還記得講到哪根手指頭，但過一陣子就搞亂了，總不能剛講完就馬上舔指甲把字母消掉吧？當然這樣做很保險，但聽眾大概

會很好奇我在搞什麼。更何況用不著舔指甲這個小動作，我想聽眾就已經夠好奇啦！整場演講我對指甲的注意力遠勝於對演講主題的投入，結束後甚至有一兩個聽眾關心我的手怎樣了。

這時我突然靈光一現：我可以利用畫面。煩惱立刻迎刃而解，兩分鐘內我就畫出六張代表十一個句子的代表圖，一畫好就扔到旁邊，因為我很有信心完全記得畫了什麼，閉上眼睛每幅畫面仍歷歷在目！這個重大轉變發生在二十五年前，當年的演講早在二十年前就忘光光了，但根據記憶中畫面我絕對可以重現當年講稿、完全不是問題。

我有時候得不看稿演說，這時多半會利用本章的技巧，試圖運用**畫面**記住每個論點。我會想像老羅斯福總統坐著看歷史書，窗外群眾歡呼四起、樂隊熱鬧演奏；也會想像愛迪生凝視著櫻桃樹，或者馬克・吐溫在聽眾面前舔手指甲。

我又是如何記得這些畫面的順序呢？只靠編號順序來記嗎？當然不是，那也未免太困難。我會把編號順序融入畫面，例如「跑第一」代表第「一」點——老羅斯福坐在奔馳的馬背上看書；「餓熊」代表第「二」點——愛迪生看著愛吃鬼灰熊採樹上櫻桃吃；「山峰」代表第「三」點——林肯趴在山頂樹上對著事務所同事大聲唸報紙；「寢室」代表第「四」點——馬克・吐溫靠在寢室門邊舔著指甲看著觀眾。

我知道很多人看到這兒，大概會覺得太過荒謬又可笑至極！這方法雖然很搞笑但確實有用，相對好記多了！說到第三點就想到山頂上有棵樹，林肯自然就浮現腦海啦！

為了方便，我自己曾經把一到二十的數字都聯想成圖片，利用諧音來記重點，我把訣竅都列出來讓大家參考。只要花半小時聯想畫面與編號，先按順序記憶再隨機考考自己八號、十四號或是編號三的畫面是什麼，就可以循序漸進記下二十幅畫面。

以下是諧音聯想法的範例，歡迎自己體驗看看箇中趣味囉！

1. 跑第「一」：一匹奔馳的駿馬。

2. 「餓」熊：關在獸籠的灰熊。

3. 「山」峰：想像第三個重點的主角在山頂。

4. 「寺」廟或「侍」衛：找個諧音像「四」的物體或生物來聯想。

5. 「五」指山：想像一下手套吧！

6. 「溜」冰：想著溜冰場。

7. 油「漆」：剛刷完油漆煥然一新、大家手足舞蹈的畫面！

8. 下「巴」：托腮想事情。

9. 「久」等囉：很餓時餐廳上菜特別慢，看到熱騰騰美食終於出現口水都快流下來。**愈具體的畫面愈會歷久彌新。**

10. 「時」刻表：抬頭看最近一班車到站時間閃爍顯示的景象。

11. 「11」號隊長：隊長穿 11 號球衣對其他球員發號施令。

12. 「12」點午餐：想像你最常吃的午餐菜色。

13. 「K」撲克牌：玩撲克牌接龍排到同花色最後一張。

14. 「實事」求是：想著個性最務實的朋友。

15. 「食物」：下午肚子餓開包零食解饞。

16. 「食肉」：夾一大塊肉來吃。

17. 「一起」：把衣服打包在一起準備出遠門。

18.「拾包」：撿起地上包包拍拍灰塵、檢查手機有沒有摔壞。

19.「食酒」：幫自己跟朋友倒滿啤酒暢快乾杯。

20.「餓死」：決定短時間減個肥、餓到拼命喝開水！

　　如果你想玩玩聯想法，就花個幾分鐘記一下諧音和編號的規則，也歡迎大家自己構思畫面加強印象，例如編號十可以聯想造型奇特幽默的「石」像或「時」鐘，假設剛好第十個重點提到某個地標，就想著有個石像充當路牌或很多人圍著大時鐘拍照。這樣當你自問：「我第十點要講什麼？」就不會死板地想著數字十，而是想到包含具體內容的完整畫面。剛開始可能缺乏信心，但多嘗試幾次就會得心應手！很快就能展現大家趨之若鶩的「超凡記憶力」，而且過程趣味十足、毫不無聊。

諧音聯想法

| 跑第「一」 | 「餓」熊 | 「山」峰 | 「寺」廟 |

◐ 背誦整本《新約聖經》

埃及開羅的艾資哈爾大學（Al Azhar University）是全球人數最多的大學，這所伊斯蘭教的學校聚集超過二十一萬名學生，入學考試要求每個人都必須默背整本《可蘭經》，長度堪比整本《新約聖經》，光唸完就要耗費整整三天！

華人學生向來以勤奮向學聞名全球，「嗜書如命」的華人學子不少都能背起整本宗教經典或中文名著。

阿拉伯與華人學子是怎麼培養神童等級的記憶力？

就是靠記憶自然法則的第二要義：重複。

只要重複的次數夠多，人腦可以記得為數驚人的素材：盡情閱讀你想記得的知識，放手應用並在日常談話提到新學的字彙，想要記得新朋友的名字就直呼全名，平常聊天時就可以談論你的公開演講內容，讓新學的知識揮之不去、歷久不衰。

◐ 高品質的複誦

盲目的機械式複誦死背對記憶力完全沒有幫助，想要花對力氣就要配合人腦思維的特性——智慧重複播放。例如德國心理學家赫爾曼・艾賓豪斯（Hermann Ebbinghaus）給學生開了一長串清單，去背誦毫無意義的音節「迪、斯、擴」等等，結果發現學生平均花三天、合計重複三十八遍就能記得，效果跟一口氣重複六十八遍的複誦死背相同。其他心理學研究也得出了類似結果。

這項發現對於善用人腦記憶至關重要，只要明智調配時間間隔，便可省下將近一半力氣，事半功倍。

人腦的這條「記憶捷徑」大致有兩個主要成因：

首先，潛意識會利用間隔的「留白期」建立牢靠連結、讓記憶「**定錨**」腦海，一如心理學家威廉‧詹姆士（William James）頗富哲理的名言：「我們在夏天學習溜冰、冬天學習游泳。」

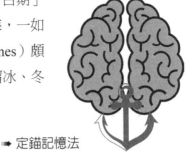

➡ 定錨記憶法

此外，**適當間隔可讓腦袋免於過度連續使用的疲勞。**理察‧波頓爵士（Richard Burton）翻譯了文學名著《一千零一夜》，他本身精通二十七種語言，但他坦言從不連續研究或練習外語超過十五分鐘，「超時就會讓腦袋大失新鮮感啦！」

讀到這我們也已經看了不少心理學印證，相信任何有常識的講者都不會拖到演講前一晚才開始準備，過度倉促只會讓腦袋的運轉效率剩下一半。

人腦遺忘的習慣也有實用資訊可以參考喔！心理學實驗不約而同地證實我們學了新東西後，第一個八小時「忘記最多」，遠遠勝過接下來三十天內丟失的記憶，比例很驚人吧？下次要開會、參加活動或去社團演講前，記得抓緊時間複習資料、更新記憶吧！

林肯總統深知抓緊時間複習的重要也勤於實踐。有次他接在博學多聞的愛德華‧埃弗里特（Edward Everett）之後上台演講，當他發現埃弗里特漫長又正經的演說差不多該劃下句點時，林肯「明顯開始緊張。每次前一位講者快講完該他上場時總是如此。」於是他倉促調整眼鏡、從口袋掏出草稿默默背誦，適度更新一下記憶。

⬤ 威廉・詹姆士揭密強大記憶力

以上就是記憶法則的前兩大要素,至於**第三大要素——聯想**,則是我們「回想得到」的關鍵環節,也是記憶的精華。根據威廉・詹姆士教授的睿智觀察:「人腦本身就有聯想機制,假設我沉默一會然後突然大喊:『快想起來!趕快回想。』大家能夠馬上從善如流、從記憶裡叫出某個片段嗎?當然沒人辦得到,想必只會一頭霧水:『現在是要我回想起什麼?』簡單來說人腦需要提示,例如我要大家回想出生日期或音階,人腦才會順應運作浮現答案,這個『提示』決定了思緒匯集而出的可能答案有多廣多豐富,因此從思緒運作的角度來看,**『提示』本身就連結到『記憶』**,例如『出生日期』指向某個特定數字、月份與年份,聽到『今天早餐』思緒運作就呈單一路線連到咖啡啦或培根蛋的畫面,聽見『音階』腦中便不自覺響起 Do、Re、Mi、Fa、So。

聯想控制思緒絕不是憑空發生,而全是『被引發』的產物:聯想到的答案本來就存在腦中。同樣原理不但適用於回想,也適用於所有日常思考,**記憶就是建立在聯想架構上。**至於回憶的品質取決於兩點:一、聯想持續的頻率;二、聯想的次數。……『不凡記憶的祕密』就是**針對想記得的事,竭盡所能地建立多變且數量夠多的連結**,也就是『多思考』這件事。假設兩個人擁有完全相同的人生經驗,但較常『思考這些經驗意義的人』又把這些體驗交錯、**建立起『系統性關聯』**,記憶力自然會比較好。」

系統性關聯

今天的早餐　　　　　　　　　　　　音階

◐ 如何連結不同資訊

大家看到這裡應該會想：建立「系統性關聯」該怎麼做？答案很簡單：**找出意義並反覆思考。**例如：學到新資訊之後多多詢問自己下列問題，讓腦中的新資訊和其他資訊之間搭起有條理的連結：

1. 為什麼會這樣？
2. 我會怎麼描述？
3. 什麼時候變成這樣的？
4. 在哪裡發生的？
5. 是誰告訴我這件事的？

如果只是要記新朋友的名字，通常只需要聯想到某個同名朋友就好。但如果是少見的名字，最好把握機會探討上述這幾點，而且對方多半會開始談論關於自己的事情。例如我在撰寫本章時剛好認識一位索特太太，我請求她拼音給我聽並稱讚她的姓實在少見，她回應：「沒錯這算少見的姓，在希臘文中代表拯救者喔！」然後就聊起夫家親戚的雅典故鄉、姻親們以前在希臘任職政府高官等等，我發現大家多半樂於討論自己的名字，藉此我也更容易記得。

請敏銳觀察對方的眼睛與頭髮顏色，留意長相特徵、衣著打扮還有說話方式，徹底掌握對方的外型與個性後，把這幅鮮明形象搭配名字存檔在腦海，等下次這幅形象再度浮現時，就會自動幫你叫出檔名啦！

大家都有過這個經驗吧？第二、三次碰面時雖然記得對方職業，但怎樣就是想不起名字。原因很單純：職業是具體明確的概念、有其意義，因此能深深刻印腦海，但名字卻抽象到如同紙屑隨風飄，很難牢記。建議各位以諧音自創詞句，把名字與職業「掛勾」在一起，確保日後也能回想起來，這個方法十拿九穩！

例如在賓州地方社團互不相識的二十人同時參加活動，每個人都得站起來報名字與職業，再造句整合名字跟職業，幾分鐘內就能讓大家互相記得，往後再度聚會也絕不會有人忘了對方的姓名與工作，因為已經合而為一、一勞永逸地封存在記憶庫啦！

以下為大家舉例介紹這個社團成員的名字與職業，搭配原創句子，用二合一法幫助記憶：

- 歐伯特先生／砂石業→**歐**洲輕**薄特**級**砂**。
- 貝雷斯先生／柏油業→戴**貝雷**帽**斯**文鋪**柏油**。
- 畢朵先生／羊毛紡織業→**畢**業別**朵**花穿**毛**衣。
- 波瑞克先生／礦業→**波**蘭買**瑞**士巧**克**力遊**礦**場。
- 戴福瑞先生／印刷業→**戴**著**福**氣當人**瑞**蓋手**印**。
- 杜立通先生／汽車業→**肚**子餓**立**刻**通**話派**車**送餐。
- 費雪先生／煤炭業→**費**力爬**雪**山燒**煤**烤肉。
- 高迪先生／木材業→**高**個子逛**迪**化街撞上**木**頭招牌。
- 漢考克先生／《星期六晚報》（Saturday Evening Post）
  →**和**一群**考**生**嗑薯**條看《**星期六晚報**》。

戴著福氣當人瑞蓋手(印)
➡ 戴福瑞／印刷業

歐洲輕薄特級(砂)
➡ 歐伯特／砂石業

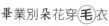

畢業別朵花穿(毛)衣
➡ 畢朵／羊毛紡織業

肚子餓立刻通話派(車)送餐
➡ 杜立通／汽車業

● 記日期的訣竅

　　想記住日期，不妨從已經牢記的日期下手，把新日期和舊記憶綁在一塊聯想。美國人如果想記住埃及蘇伊士運河（Suez Canal）在 1869 年開通，就可用「美國內戰落幕那年過後四年有第一艘船通行」來記；同理，1788 年英國人首度踏上澳洲土地定居，對美國人來說這個年份睡個覺起來就會忘光！不過要是想成 1776 年 7 月 4 號「獨立宣言發表那天」再過十二年英國旗幟飄揚澳洲大陸，是不是反而難忘許多？

　　這個記憶原則很適合運用在挑選電話號碼，例如我本人的電話在一次大戰期間就是 1776，大概沒人背不出來；要求電信公司分給你 1492、1861、1865、1914、1918 等等著名年份當電話號碼，朋友永遠都背得出來啦！不過如果只是雲淡風輕地提起，絕對不會留下深刻印象，最好說：「我電話超好記的，就是 1492 哥倫布發現新大陸那年。」這樣大家想忘也忘不掉囉！

如果是在澳洲、紐西蘭或加拿大，剛剛的例子就可換成其他當地重要歷史事件年份來記！

⬆ 哥倫布是在 1492 年發現新大陸

跟大家分享記住下列年份最好的方式：

1. 1564：大文豪莎士比亞出生。
2. 1607：英國移民在美國建立第一個定居地詹姆斯鎮（Jamestown）。
3. 1819：英國維多利亞女皇（Queen Victoria）出生。
4. 1807：南北戰爭李將軍（Robert E. Lee）出生。
5. 1789：巴黎巴士底監獄被攻破，揭開法國大革命序幕。

　　只是單調地「按照加入聯邦政府的順序背出美國十三州」，絕對超無聊！編個小故事把每個州按順序安插進去就好玩多了！專心一次看完下面的段落，再試試看能否用正確順序說出這十三個州：

　　星期六下午有位來自**德拉瓦**的年輕女孩買了張火車票，準備搭車去**賓夕法尼亞**玩，行李中帶了**紐澤西**產的毛衣，順便去找好朋友「**喬治亞**」到**康乃狄克**一遊。隔天早上她跟朋友就到**麻薩諸塞**小館吃了頓**馬里蘭**大餐，再搭「南下」列車（**南卡羅萊納**）去餐廳點了來自**新罕布夏**的火腿當下酒菜，邊吃邊和主廚「**維吉尼亞**」聊天，才知道他來自**紐約**，吃飽喝足之後就搭「北上」列車（**北卡羅萊納**）轉車回**羅德島**。

● 如何記住演說重點

　　成功「回想」只能靠兩個途徑：第一，接收「外在刺激」；第二，靠既存記憶「聯想」。如果運用在演說就等於：第一，利用筆記等外

在刺激回想重點，不過老是看稿演出未免太不討喜。第二，連結「現成記憶」並利用邏輯編排讓重點依序連貫，再按照順序一一說完。

聽起來不難對吧？不過初學者往往過度緊張恐懼，腦袋就「瞬間歸零」，我建議大家利用無厘頭的語言串起各項重點。例如你可能必須記起「牛、雪茄、拿破崙、房產與宗教」這些毫不相干又瑣碎的概念，試試編成一句：「牛抽著雪茄與拿破崙相伴，房子被宗教狂熱份子瞬間燒毀。」句子雖然很怪，但確實串聯起所有論點了。大家可以順著這個怪句子拆解答案，考考自己第三點、第五點、第四點、第二點……是什麼。

這個辦法很管用！對想增強記憶力的你來說最適合不過了！

任何零碎的點子都可以透過某些方式串聯成句子，內容愈無厘頭、愈能輕輕鬆鬆馬上回想！

利用筆記等外在
刺激回想重點

如何記住演說重點

利用邏輯編排讓重
點依序連貫

◉ 因應臨場失常

想像有個女孩要對教會朋友演講前明明做足準備，上台後講到

一半卻突然腦袋空白，只能看著聽眾大眼瞪小眼、惡夢真實上演！自尊心告訴她別輕易放棄承認失敗，於是她說服自己十秒或十五秒後一定可以想起來，但是這十五秒的沉默尷尬得根本像是人間煉獄！這個時候該如何自救？有個美國參議員就曾遇過這種狀況，他馬上問聽眾自己音量夠不夠大？坐最後一排的人聽不聽得見？其實不用問也知道答案，這麼做只是為了拖延時間趁機回想下個論點。靠著短暫插曲，他最後成功抓住「那道靈光」，順利撐過短暫失憶的考驗。

不過還是建議採取最保險的策略，以防堵短暫失憶砸了自己的場子：**利用最後講的一個詞句或想法引導出下個句子。**雖然這樣可能會產生「無限迴圈」的遺憾，搞得句子一個接著一個、沒完沒了，不過還是來看看實際應用的例子吧！某個講者大談特談「事業成功」，但剛說完「一般員工成就有限的原因多半是熱情不足，展現出微弱動機」這個句子就腦袋當機。

剛剛說過，這種情況下要利用最後一個詞「動機」為下個句子開頭，雖然當下也許不知道說完「動機」該接什麼話圓場，但還是先開口為妙──說得「落漆」總比「落敗」還強！

> **動機就是自動自發主動做事，不要等待指示才行動。**

這句話其實沒什麼內容，也無法留名演講史，但比起「無言以對」的窘境，還算能接受吧？下個引子則是「等待指示才行動」，硬著頭皮繼續編下去吧！

> 等別人告知才有下個動作，跟放棄自主思考的人共事光想像
> 就覺得累。

不賴吧！又撐過幾秒鐘了。現在換用「想像」當主題發揮一下：

> 想像力就是關鍵，《聖經・箴言》裡說「沒有異象，民就
> 放肆」，想像才能繪出願景！

目前為止已順暢編完兩句過關，不妨放手繼續大膽表現：

> 在職場上「放肆投降」的人多到很可悲，其實只要多付出、
> 志向遠大些，再多燃起一點熱情，絕對可以突破瓶頸逆轉戰
> 局，但失敗者往往不願面對真相。

　　就這樣邊說邊臨場發揮，暗自利用時間趕快回想起原本打算要
說的重點，一邊動腦趕快把演說導回正軌。

　　儘管以上的方法一個不小心有可能會開啟無限迴圈，讓講者掉
入「漩渦」──原本的主題想不起來反而講得沒完沒了──但仍可
救急、喚醒當機的腦袋成功解套，已解救過不少講者免於遭受全場
沉默的尷尬凌遲。

◐ 提升記憶力本身無解

　　這章中我已解釋過加深印象的「方法」，說明如何智慧地複誦、聰明連結重點，但其實「記憶力」本質上就是**熟悉聯想訣竅**，心理學家威廉・詹姆士教授也說：「並沒有任何方式可以提升人類的記憶力本身，只能掌握建立關聯的聯想結構來改善記性。」

　　例如每天都背一句莎士比亞的名言，把每個句子都跟認識的朋友建立關聯以便聯想，本身對於名言佳句的「程度」確實因此提升了，但是背完《哈姆雷特》到《羅密歐》之後「記憶力」也提升了嗎？改挑戰記住生鐵煉鋼的全套步驟試試？抱歉還是一樣難背！這其實是不同的兩件事情。

　　再次幫大家畫重點：善用本章教的訣竅就能**改善記憶「方法」與「效率」**，但是能背出職棒球員生涯表現數據，對於記憶股市指數毫無幫助。記憶力在兩個風馬牛不相及的領域無法連動成長，「人腦本質上就是聯想機器而已」。

將 KEYWORD 關鍵字
串聯起來方便聯想

重點摘要

一、知名心理學家卡爾・西蕭爾曾說：「一般人只善用了不到百分之十的記憶容量，另外百分之九十都浪費在對抗記憶自然法則！」

二、「記憶自然法則」的三大要素：印象、重複與聯想。

三、想要記住事物留下深刻鮮明、難以抹滅的「印象」，請務必：

　　1. 集中注意：這就是老羅斯福總統記憶力過人的關鍵。

　　2. 仔細觀察：留下準確印象，「霧中取景」留下模糊的印象，日後回想也會「霧煞煞」。

　　3. 運用多重感官刺激：林肯總統就是大聲唸出文字內容，聽看並用。

　　4. 視覺印象重於一切：連結記憶區的視神經數量是聽覺神經二十五倍，馬克・吐溫背不起講稿大綱時就是把內容轉換成圖像、煩惱立刻迎刃而解。

四、記憶的自然法則第二要件是「重複」，埃及的伊斯蘭教大學要求數千名學生都要背起整本《可蘭經》，儘管長度堪比整本《新約聖經》，靠著複誦仍可完成驚人之舉。只要盡可能時常複誦，任何長度合理的內容人腦都記得住，但請留意下列重點：

　　1. 別傻傻坐著單調複誦一遍又一遍強記，先背個一兩遍就放手過陣子再回頭看，比起長時間連續複誦，利用間隔留白反而省下一半時間就能記牢。

2. 熟記後最初八小時的遺忘程度其實跟過了三十天沒兩樣，因此正式演說前請留個幾分鐘複習。

五、記憶的自然法則第三要件就是「聯想」，和既存記憶建立連結才可能真正記住，心理學家威廉・詹姆士教授曾說：「腦海浮現的答案都是由外而內導入，而接收外界資訊後連結既存記憶決定了記性……愈頻繁思考自身經驗的人愈能讓不同事物在腦內自然連結、交互關聯，記憶力就愈出眾。」

六、先從不同角度思考新事物再連結既存記憶，問問自己：「為什麼？是什麼樣子？相關時間、地點、人物呢？」

七、如果要記住新朋友姓名，記得問對方名字怎麼寫、替名字編個故事等等。仔細觀察長相，把人臉和人名「共同存檔」並詢問對方職業，造個無厘頭句子把資訊串在一起當口訣，不妨參考賓州地方社團的案例。

八、記日期時可輔以著名歷史事件，例如：美國內戰期間莎士比亞誕生三百周年。

九、把講稿大綱用合乎邏輯的方式依序串聯，也可以利用無厘頭口訣把重點標明，例如：「牛抽著雪茄與拿破崙相伴，房子被宗教狂熱份子瞬間燒毀。」

十、儘管做足準備，上場時卻突然記憶斷片？為了自救可以玩句子接龍，把剛說完的最後一個詞彙當成下個句子的開頭接著講下去，為自己爭取一點回想時間。

第五章

成功演說的
基本要素

我於 1 月 5 日著手書寫本章，這天剛好是南極探險家恩斯特·薛克頓（Sir Ernest Shackleton）的冥誕。薛克頓登上「堅忍號」（The Endurance）遠渡重洋挑戰極地任務，卻遺憾地在某次南征途中逝世。當時這艘勇赴「南極大遠征」的船艦上掛著一面銅牌，多數人登船時都忍不住端詳上面鏤刻的文字：

勇敢夢想，但別只是做夢；
樂於思考，但別沉溺空想；
人生總是勝利與挫折輪番上演，
處變不驚、平心靜氣迎接高低潮。

即便感官刺激稍縱即逝，
仍以堅強意志重拾熱忱；
當感到一無所有，請堅持信念，
傾聽內心聲音說著「永不妥協」。

人生一世白駒過隙，
把握分秒充實度過便能主宰人生；
至此，年輕人呀！你已真正成人。

薛克頓稱呼這段文字為「南極遠征思想宗旨」，我也贊同！面對未知的南極大陸或公開演講，我們都應該勇敢活出這種精神！

不過在此得先澆大家冷水一下：諷刺的是剛開始研究公開演講時，沒有人能活出這種精神。許多年前我還在教育界工作，任教於

夜校時發現很多意志不堅的學生達標前就先輸給了自己，而且這種狀況屢見不鮮，比例高到令人無言。抱歉，在這裡必須先告知各位人性的真相。

讀到這裡剛好是本書的一半，根據我的經驗，應該不少人仍然苦惱該怎麼面對聽眾建立自信、愈看愈發慌張。如果真的被我說中那還真可惜，一如莎士比亞名言：「沒有耐心的人多麼可憐！哪個創傷不需花費時間治癒？」

◑ 堅持不懈的重要

如同每個人剛開始接觸外文、高爾夫球或公開演講都**很難穩定進步**，因為人類並無法「穩定」改進，有所進展的收穫成果多半都是突如其來，但過段時間就會邁入停滯期甚至退步，連剛學會的技能都掌握不來。這段停滯期也叫半衰期，心理學家很熟悉這點，稱之為「學習曲線的高原期」。

學習公開演講時，進步程度趨於平坦的「倒退嚕」階段可能持續好幾個星期，儘管保持努力仍無法阻止退步情況發生！意志力軟弱的學員可能會感到絕望而放棄，較有毅力的人則會**堅持下去**，然後在莫名其妙的情況下戲劇化地突飛猛進，從倒退嚕變成坐上跑車飆速前進，倏地就掌握了新技能訣竅，攻克公開演講如探囊取物般自在又自信！

就像前幾章所說，面對聽眾演講的前幾秒可能會出現短暫恐慌、手足無措的現象，但大家熬過前幾句開場白後必能克服這股「亂流」，鎮定下來侃侃而談。

不會穩定進步 ➡ 甚至反而退步 ➡ 有毅力堅持下去 ➡ 就能飆速前進

◐ 永不放棄的信念

　　曾有立志投身法律界的年輕人寫信向林肯總統請益，當時林肯回覆：「如果你堅定意志要當上律師，其實已經了成功一半……決心是通往成功最必要的條件，請永遠記得這點。」

　　林肯總統自己就是過來人！他非常清楚決心有多重要。林肯總統僅受過一年左右的學校教育，曾說願意走遍方圓百里四處借書、徹夜苦讀，有時甚至不點燈，僅僅伴著取暖的爐火，而且會把木頭牆壁的裂縫當書架塞本書，只要天色轉白、光線足夠閱讀就奮然起身，揉揉眼睛甩掉睡意繼續認真研讀。

　　林肯總統大老遠走四、五公里路去聽演講，散場後回到家就自主練習，在田中央、森林裡或到故鄉根特維拉（Gentryville）鎮上的小雜貨店前對著人群「開講」，他在新賽倫（New Salem）和春田郡（Springfield）都加入了讀書會和辯論社，依不同主題持續練習，就跟大家現在的學習方式一樣。

　　揮之不去的自卑感令林肯深感困擾，面對女性他總是侷促害羞，追求妻子瑪麗·陶德（Mary Todd）時他總靜靜坐在客廳，害羞到無言以對時只能聽瑪麗講話。即便如此，靠著練習與自修他仍

勇敢挑戰口才過人的參議員道格拉斯（Stephen A. Douglas），想想他在蓋茲堡（Gettysburg）的演講和傳奇的連任就職演說，林肯的不凡成就重新定義了「口若懸河」，這樣的人居然曾經十分自卑！

回首林肯克服害羞個性的艱苦過程，也難怪他會勉勵年輕人：「如果你堅定立志要當上律師，其實已成功一半。」

白宮的總統辦公室有張經典的林肯肖像畫，老羅斯福總統曾說：「我必須在多方利益衝突下取捨、做出重大決定時，總會凝視林肯畫像，想像如果是他會採取何種做法。這樣聽起來好像有點怪，不過只要這樣想，事情就好像簡單許多。」

大家要不要效法老羅斯福看看？美金五元紙鈔上就印著林肯肖像，只要覺得灰心、很想放棄挑戰公開演講時，就拿出鈔票想像如果是林肯會怎麼做。答案應該很明顯，因為他的人生就是最佳解答。敗選給參議員道格拉斯的那次，他告訴追隨者：「不管是失敗一次還是一百次，絕對不要放棄。」

➤ 通往目標的路上，「決心」是必要條件。

⬤ 必能成功的自信

要是可以的話，真希望未來一星期的每一天，大家在享用早餐時都能看看以下這段話並且默背起來，自我提醒哈佛心理學巨擘威廉・詹姆斯博士（William James）的智慧建言：

> 無論年輕人從事什麼職業，都別讓他們擔憂學習後的成果，只要每天辛勤付出，絕對都會收穫好成績！讓他們醒來迎接新的一天時內心充滿確信，深知自己必能成為年輕世代表率、擔當專業領域的最佳代言人。

容我借助詹姆斯博士的觀點為大家提升信心：從今天起，只要各位堅定熱情、持續自我精進演講實力，並聰明運用正確方法高效率練習，有朝一日都將成為生活圈中的傑出講者。

「保證成功」聽起來很勵志對吧？不過這只是大原則，當然也會有例外，例如意志力薄弱或人格特質有缺陷的人，想要搖身一變成為像丹尼爾・韋伯斯特（Daniel Webster）這樣的雄辯家，仍是難如登天，但「合理狀況」下這個保證仍然有效！以下提供實際案例給大家參考看看。

前紐澤西州州長斯托克斯（Edward Casper Stokes）曾出席在州府特倫頓（Trenton）舉行的公開演講課程閉幕式，他在致詞時表示，當天學員表現之精彩讓他彷彿置身華盛頓特區國會，聆聽參議員唇槍舌劍。在場學員都是特倫頓當地商人，不過幾個月前剛參加課程時都還結結巴巴，他們就是一般美國商人而已，壓根兒不是天生的演說家，但經過努力後，都成為當地首屈一指的演講達人。

　　成功演說家的必備條件只有兩個：**天生才能與強烈動機。**詹姆斯博士也說過：「無論想挑戰什麼領域，熱情都是你最雄厚的本錢，對成果的執著為你鋪平通往成功的道路，想賺大錢就能致富，想深造便能學識豐富，想追求良善就能變得更好，只是你必須全神貫注、不能想要一次成就很多事情，『真心且全心』地追求目標。」我想，要是換成詹姆斯博士來評論公開演講這門藝術，他也會說：「立志想成為信心十足的演說家，你就能夠辦得到，但必須『真心且全心』地盼望。」現實中的成功案例也認證了這點。

　　我已親眼見證過數千名男女嘗試培養自信，掌握公開演講能力，成功案例當中只有少數是真的天賦過人，其他都只是一般願意持之以恆的路人甲而已——聰明人很容易灰心或過度在意賺錢牟利，反而無法成功——只要有毅力且專注達標，「平庸素人」最終也能成就不凡。

　　這種現象印證了最真實的人性，在商場和專業領域中許多成功人士不也如此？老洛克斐勒（John D. Rockefeller）曾說縱橫商場的第一要件就是有耐心，駕馭公開演講也是這樣。

　　法國名將費迪南・福煦元帥打敗強敵奮力取勝，他說戰勝敵人的祕訣唯有一個：**永不絕望。**

　　第一次世界大戰中霞飛將軍（General Joffre）率領法軍於 1914 年退守法國馬恩（Marne），他隨即指示麾下帶領兩百萬兵力的副手停止撤退展開進攻，這項新的作戰策略成為第一次世界大戰轉捩點。當時福煦元帥聽命於霞飛將軍，率軍奮勇進攻兩天，而後福煦便寫下名留戰爭史的求戰信給霞飛：「我已身心俱疲、心力交瘁，但戰況有利我方仍應進攻。」

　　福煦的攻擊成功挽救巴黎免於淪陷。

下次當你覺得情況很能相當艱難、希望渺茫，身心俱疲又心力交瘁時，對自己說：「現在戰況有利，進攻！進攻！進攻！」勇氣與信心會成為最堅強的後盾。

雖然沒有過人的天賦，只是個持之以恆的路人甲，但是憑著毅力且專注達標，「平庸素人」最終也能成就不凡。

勇攀高峰

幾年前的夏天我跑到奧地利打算攻頂懷爾德凱撒山（Wilder Kaiser），因上坡過程相當艱辛，專業旅行指南建議登山客最好找個嚮導，但朋友跟我兩個業餘登山客打算靠自己。有人好奇問我們自認能否成功攻頂，我們異口同聲回答：「當然會。」

對方又問：「你們為什麼會這麼認為？」

我說：「也有人不請嚮導就成功攻頂，所以這麼想應該算合理。**而且我做事情從不往失敗的方向想！**」

在登山界我真的是資淺到不行的菜鳥，但無論是撰寫公開演講的書或挑戰聖母峰，心境都應保持無畏且自信。

往成功想，想像自己揮灑自信、公開演說如魚得水的那天。

人類生來就能輕鬆想像成功的模樣，信任自己的能力吧！堅信不移就會水到渠成、成果豐碩！

美國內戰期間，指揮海軍的杜邦少將（Admiral Dupont）曾有

力地解釋了不應駛入查爾斯頓港（Charleston Harbor）的諸多理由，同袍法拉格特少將（Admiral Farragut）認真聽完後回他：「你漏掉了一個理由。」

杜邦問：「我漏了什麼？」

「你根本不相信你辦得到。」

公開演講課程學員最寶貴的收穫就是**自信大增**，更確信自己有辦法擁抱成功。回想一下：自信，不就是征服每個挑戰最關鍵的要素嗎？

> 對目標始終堅信不移的往前進，
> 必會水到渠成、成果豐碩！

◐ 想贏的意志

名作家阿爾伯特・哈伯德（Elbert Hubbard）有段經典名言不分享實在可惜，實踐他智慧建言的精神必能活得更快樂精彩：

每天出門時堅定收起下巴昂首闊步，想像陽光普照迎接自己然後深吸一口氣，吸取陽光的能量微笑問候朋友、愉悅地握手寒暄。不要浪費時間擔心遭到誤解，或煩惱對手正在籌劃什麼，堅定地告訴自己你樂於追求目標，不要偏離既定軌道，持續努力就會順利達成！專注想像成功後做著喜歡的事、風采耀眼，漸漸地你就能在不知不覺間抓住每個實現夢想的機會，就像海中生物從潮汐中逐漸吸取養分。想像自己成為能力出色、充滿

熱忱且貢獻良多的萬人迷，讓正向思考分秒引導你擁抱成功……光是思考本身就能讓人成就斐然！保持正向思考、鼓足勇氣，處事坦然且鬥志高昂，良好心態便能催生成功，期盼與祈禱終將在現實中兌現。讓夢想指引人生方向，抬頭挺胸昂首闊步，平凡的我們皆能成就與生俱來的不凡！

偉大的軍事將領如拿破崙、威靈頓公爵、南北戰爭中的李將軍（Robert E. Lee）和格蘭特將軍以及法國名將費迪南・福煦元帥，對屬下皆抱持著百分之百的信心，這就是**致勝最佳解答**！

福煦元帥曾說：「九萬名敗戰士兵和九萬名勝仗部隊有何差別？覺得累了、想要放棄、不再認為自己會贏……，士氣消退的同時意志也戰敗了。」

換個方式解讀這九萬名敗戰士兵，其實他們輸的不是體能，但勇氣信心全無，因此心態潰敗的當下對手即毫無懸念地勝利了。

前美國海軍隨艦牧師查普林（Chaplin Frazier）負責面試第一次世界大戰時有志成為隨艦牧師的新人，有人向他請益隨艦牧師需具備哪些特質，查普林指出四根撐起稱職牧師的梁柱：「恩典、積極、韌性、堅勇。」

這四個關鍵特質也和成功講者的內涵互相呼應，請務必銘記在心，並把以下羅伯特・瑟維斯（Robert Service）的經典詩作視為精神糧食：

當你在野外迷途，驚恐如迷路幼童，
死亡虎視眈眈，你已身心俱疲，

死神不懷好意地等著你自扣板機！
為人的尊嚴「盡力一搏！」在腦海迴盪，
但意志逐漸四分五裂，
雖感飢餓但強敵環伺、蠢蠢欲動，
人間煉獄在現實上演。

你開始沮喪厭倦，「我為你感到遺憾！」
你年輕、勇敢又光芒萬丈。
「人生對你不公平！」我懂，但別忿忿不平，
挺直腰桿堅強起來，回擊吧！
堅持下去才能嘗到成功樂趣，
膽小鬼不是你該有的形象！
發揮韌性！任性放棄很容易，
保持鬥志高昂卻誠屬不易。

深受打擊想放聲大哭、撒手不管，
怯懦畏縮似乎更勝奮鬥好強？
何必垂死掙扎、苦苦征戰？
只為人生最美好一仗。

你踩著碎石火焰度過每次考驗，
感到破碎不成人形、只剩懼怕，
但仍想為自己再嘗試挑戰，
死並不難，勇敢活著卻難上加難！

▲ 讓正向思考分秒引導你擁抱成功。

重點摘要

一、每個人剛學習接觸外文、高爾夫或公開演講都不會穩定進步，而是突然「驚醒」領悟訣竅而有所進展，但也可能隨後就進入停滯期甚至退步、剛學會的技能又歸零，心理學家稱此階段為「學習曲線的高原期」，學習者很可能就此「擱淺」無法脫身邁向下個高峰。如果不了解進步的自然節奏，很多人在高原期就會沮喪舉白旗，但是先前投注的心力就此白費著實可惜，其實只要再多堅持一下、勤奮練習，在某個時間點就能突然「起跑」，脫離高原、大幅進步！

二、上台演說剛開始的幾秒鐘很有可能會恐慌焦慮，但這股「亂流」不會維持太久，挺過前幾句開場白馬上就能侃侃而談。

三、哈佛心理學家詹姆斯博士曾說過，我們不該擔憂學習後的成果，只要每天辛勤付出，「醒來迎接新的一天時內心充滿確信，深知自己必能成為年輕世代表率、擔當專業領域的最佳代言人」。詹姆斯博士以淵博心理學知識分享的觀點值得各位學習演講時參考，藉此調整心境、付出心力一定能豐收成果！成功者通常不是天賦異稟的幸運兒，堅持不懈且意志堅定者才是最後奪標贏家。

四、想像終於駕馭公開演講的那天，讓渴望引導你迎接成功。

五、如果灰心喪志，不妨想想老羅斯福看著林肯肖像的例子，嘗試想像如果是偉大前輩會怎麼因應。

六、第一次世界大戰期間，美國海軍隨艦牧師曾分享「四根撐起稱職牧師的梁柱」，還記得是哪四大特質嗎？

第六章

解密
完美演說風格

第一次世界大戰落幕後不久，我有幸認識傑出的兄弟檔：羅斯・史密斯與凱思・史密斯爵士（Sir Ross and Sir Keith Smith），他們聯手締造人類史上第一次倫敦至澳洲長程飛行，拿下澳洲政府五十萬獎金、風靡當時整個大英帝國，並獲英皇冊封爵位肯定。

知名風景攝影家法蘭克・赫里（Captain Frank Hurley）全程伴隨史密斯兄弟以動畫記錄這次壯舉，我協助史密斯兄弟利用影像資料演說並訓練他們調整演講風格，每周兩天、為期四個月都在倫敦愛樂音樂廳（Philharmonic Hall）演練，一位下午上課、另一位則在晚間。

儘管兄弟並肩飛完繞行全球半周的飛行經驗毫無二致，演說內容也是大同小異，幾乎一字不差，但兩個人講起來的效果就是截然不同。

好比食材相似但料理方式不同，演講的實際成效並非純粹依賴講稿，**「怎麼說」比「說什麼」更重要。**

我曾經出席傳奇鋼琴家帕德雷夫斯基（Ignacy Jan Paderewski）某場公開音樂會，鄰座的年輕女士滿臉困惑地看著樂譜一邊聆聽大師演奏馬祖卡舞曲（Mazurka Chopin），她無法理解為什麼自己彈奏相同樂譜時旋律聽起來平淡無奇，但是從帕德雷夫斯基指間輕鬆流出的，卻是讓滿場觀眾如癡如醉的美妙天籟。其實重點並不是依照樂譜按下了哪些琴鍵，帕德雷夫斯基的彈奏方式、情感與藝術家獨有的詮釋方法，才是讓整首曲目充滿個人風格的關鍵。庸才與天才此刻高下立見。

俄國天才畫家布留洛夫（Karl Bryullov）某次用「神來一筆」替學生的畫作稍作修改後，學生驚訝地瞪著新畫作大嘆：「為什麼只改了一點點，感覺卻差這麼多？」布留洛夫回答：**「藝術是從細**

節開始偉大。」這句名言同樣適用於演說的藝術以及鋼琴演奏的例子喔！

同樣道理也適用於如何說一場精彩的演講。英國國會內曾流傳羅馬修辭學權威昆體良（Quintilian）的名言：「說得巧就是成功演說，無關主題。」早在英國國會成立前數百年，昆體良就曾經這樣精闢預言。

當然我們仍需保守看待古人的見解，但出眾的演說風格的確能補足內容欠佳的劣勢，很多大學演講比賽的冠軍不見得都是講稿寫得最好，而是整體表現最傑出、讓聽眾感到「料好實在」的參賽者。

英國政治家莫萊爵士（Lord Morley）曾半開玩笑地說過：「**演講最重要的三元素：講者、風格和內容，老實說最後那項最無關緊要。**」太誇張了對吧？不過撇開莫萊爵士的誇飾反諷，仔細想想還真有點道理。

英國政治家埃德蒙·伯克（Edmund Burke）擅長撰寫邏輯完美、論證與結構均無懈可擊的講稿，他的大作常獲選為大專院校修辭學的經典讀物。不過很可惜的是——埃德蒙本身完全不是當講者的料，上台只要一開口就是災難，完全無法讓聽眾體會講稿內涵有多麼豐富精采。英國下議院同仁私底下戲稱他是「晚餐值日生」，看到他起身講話就差不多該假裝咳嗽幾聲，然後陸續離場去找點東西吃了。

子彈雖是鋼鐵打造，但直接把子彈丟到人身上也不過是讓衣服皺了些而已。不過要是用點火藥再搭配蠟燭呢？就算是厚實的木牆也會付之一炬！老實說很多令人印象深刻的演講說穿了只是火藥摻火苗，影響卻反而比子彈的威力還大。

因此請下功夫鑽研**個人風格**吧！別吃虧！

演講最重要的三元素：講者、風格和內容，有些講稿內容不是寫得最好，但出眾的演說風格卻補足了內容欠佳的劣勢。

◐ 剖析演講風格

百貨公司為了把貴客購買的戰利品「送貨到府」費盡了心思，因為總不可能把貨放下就閃人吧？其實把演講內容「輸送」到聽眾內心，就像送貨到府、電報員把消息直接「遞交」給收訊方，只是知易行難，很多講者辦不到而已。

來跟大家聊聊數千人都會犯的錯誤風格與實際案例。我某次停留瑞士阿爾卑斯山區避暑勝地穆倫（Mürren），下榻的旅館由英國公司經營，每星期都會從英國邀請幾位講者來和賓客交流。某天知名英國作家以主題「小說的未來趨勢」發表演說，她坦言主題並非自己挑選，不過我認為重點是聆聽演講時明顯感受她抓不到自己該說什麼、也欠缺論述熱忱，看著講稿草草帶過就完全忽略台下需求，眼神不與聽眾接觸、甚至四處飄移，偶爾瞄一眼講稿，有時又看向地板，表現得毫不投入，語氣也欠缺說服力。

這種表現絕對稱不上演講風格，純粹是講者在唱獨角戲，完全沒有傳達資訊的意願。**理想演說的第一項關鍵要素就是「表現傳遞資訊的誠意」**，讓聽眾感受到講者是真心地傾吐內心所想。這位迷途作家所展示的「荒野獨白」則簡直把聽眾當成冷冰冰的岩石沙

漠，完全沒有一點人情味。

　　演講風格整體來說並不難，但**過程**卻需要深入探討，以避免誤解或濫用。

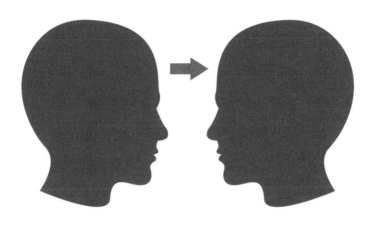

🔹 理想演說的第一項關鍵要素就是「表現傳遞資訊的誠意」，讓聽眾感受到講者真心傾吐內心所想。

◉ 解密完美演說風格

　　坊間有許多針對演說風格的錯誤詮釋，以制式規則和繁瑣程序點綴，故意把演說弄得神祕兮兮，過時的「演講術」典籍讓人光看書名就「人神共厭」，更別提一般圖書館和書局所提供的商務／口才／精進等工具書有多無用，無辜的學生還得背誦韋伯斯特（Daniel Webster）和英格索（Robert Ingersoll）寫的「滔滔雄辯術」——這些大作根本復古過了頭！好像硬要兩位雄辯家穿越時空融入現代校園一般荒誕無稽。

　　美國南北內戰期間全新演說學派逐漸成形，回應新的時代需求、擁抱直截了當的表達風格，老一代聽眾偏好的華麗詞藻已不再

討年輕世代的歡心啦！

　　現在無論是十五人商務會議或動員上千人的場合，聽眾都抱持相同期待：希望講者比照日常對話直截了當，就像和某位聽眾閒聊般稀鬆平常、毫無壓力。

　　但等同閒聊的「演講風格」並非完全比照日常對話不費心力，畢竟表達力道不足的話，聽眾可能連聲音都聽不見。表現自然的同時請記得：對四十人演說必須比對一個人聊天更「使勁」；高樓頂端的雕塑無論尺寸與氣場都得氣勢過人，才足以讓抬頭觀看的行人也能感受它的魅力——演說時請務必「召喚」這種氣勢！

　　馬克·吐溫曾經在內華達州的礦場發表演說，結束後有位年長聽眾跑來問他：「你平常說話也是這麼有說服力的，對吧？」

　　這就是聽眾的期待：發揮「看似」平常的說話方式，但是再多費點心力。參加公益活動發表演說時，不妨想像你正跟知名政治家約翰·亨利·史密斯（John Henry Smith）閒話家常，把台下觀眾的臉都想成史密斯吧！既然跟台下每個人單獨閒聊都沒問題，同時「一對多閒聊」自然也不費吹灰之力！

　　還記得那個失敗的作家演說案例嗎？後來在同一個地點，英國物理學家歐里佛·洛奇爵士（Sir Oliver Lodge）受邀發表「原子與世界」主題演講，我也幸運地列席其中。洛奇爵士投注超過半世紀的人生研究不輟，奧妙的物理世界幾乎已融入他的身心靈，且孕育出豐富無限的心得，他非常樂於與現場聽眾分享他的心得。感謝上帝，他根本「忘了自己在演說」，毫無顧慮地專注介紹燃燒他人生的心血結晶，表達清晰明確又充滿渲染力，是誠摯希望在座的每個人都能看見科學之美。

　　洛奇爵士的表現如何？精湛的個人魅力與影響力讓聽眾印象深

刻，實為天賦異稟的傑出講者，但我深信他自己絕對不這麼認為。至於先前聽過他說話的人，我想大概也很難預料到他的公開演講會如此精彩。

如果你讀完這本書後挑戰公開演講，台下聽眾卻心想你應該接受過專門演說訓練，那對我來說實在遺憾！我希望各位**氣勢凜然但「態度輕鬆」**，讓聽眾絲毫感覺不出講者曾接受特訓。就像理想的窗戶設計應該讓人感到採光優美，而非意識到「原來這裡有扇窗」；各位也應讓聽眾專心聆聽演說，而不是將心思放在刻意營造的演說風格。

◐ 福特致贈的福音

亨利‧福特（Henry Ford）曾說過：「同款福特汽車絕對長得一模一樣，但世界上每個人都是獨一無二，每段人生在太陽底下都是新鮮事，『前無古人後無來者』。年輕人都該謹記這點：保有個人的獨特性、實現個人價值。社會和學校生活會嘗試抹掉獨特性，讓人人像出廠汽車般『規格化』，但大家都該保有獨特性的火花，因為它正是你邁向成功的唯一王牌！」

福特的寶貴建言尤其適合投入學習公開演講的各位。每個人都是獨一無二的存在，數億人都有眼口鼻，但絕不會長得百分之百相同，特徵、氣質與思維都是舉世無雙，交談時自然也絕少會和別人「撞風格」，必能展現個人特質，這就是公開演講時你最傲人的資產！**好好把握你的獨特性**，珍惜呵護並善加發揮，讓獨特性的火花加深演說力道，成為「邁向成功的唯一王牌」。

洛奇爵士演說風格獨樹一幟，因為他也是絕無僅有的「限量

版。我們的說話風格早已成為自身「高識別度」的天生招牌，刻意模仿洛奇爵士反而會顯得做作，淪為成功講者的失敗複製品。

寫下本書時我回顧美國辯論史，1858 年林肯於伊利諾州對決道格拉斯參議員絕對是最震撼人心的一場！林肯長得瘦高古怪，道格拉斯個頭小而舉止優雅，兩人的個人特色、思維、個性與內涵也一如外型般南轅北轍。

道格拉斯彬彬有禮，林肯則是穿著襪子就開門迎接訪客的老實人；道格拉斯懂得進退而林肯卻有點笨拙；道格拉斯幽默值近乎零但林肯最會講故事；道格拉斯不苟言笑而林肯擅長以類比譬喻；道格拉斯高傲有距離感，林肯謙和又有包容力；道格拉斯反應敏捷而林肯習慣反覆推敲；道格拉斯一開口就滔滔不絕，林肯則比較沉靜深且思熟慮。

兩人如此不同，但在講台上皆是一時瑜亮，都擁有過人勇氣與敏銳度，充分「做自己」，不模仿他人搬石頭自砸腳，把自身才能都發揮到極致，顯得更獨特、更有說服力，這點就請各位勇於效法、學習典範。

聽起來不難吧？抱歉我得澆盆冷水！實際上可不容易。就像福煦元帥描述戰爭的藝術：「概念非常單純，但遺憾的是執行時很複雜。」

想在聽眾面前自在登場確實需要練習，演員最清楚這點。請大家回想童年是否半正式地曾有過「朗誦講稿」的處女秀？但過了二十幾年甚至四十幾年，各位站上講台還能那麼無憂無慮嗎？找得回小小孩的天生自信嗎？我想還是有人辦得到，但大部分人一上台就四肢僵硬，縮回殼裡不想出來。

教導或訓練學員培養演講風格，最難的不是「增添」特色而是

「刪去」：除去自我設限的阻礙，釋放學員內心真我，培養遇到突發狀況時如本能反應般自在地「脫口而出」。

我常常必須打斷學員提醒他們要說得「像個人」，這種情形已發生數百次！每次結束後我返家時都身心俱疲，訓練別人開口說得自然絕對比想像中困難。

要辦到說得自然又符合演說需求只有練習一途，別無他法。光是練習過程就很難熬，各位可能練習到一半就會發現自己講得頗生硬，得暫停一下狠狠罵自己：「怎麼講成這樣？要像平常一樣『說人話』啊！」建議大家演講時隨機鎖定一名聽眾，最好是坐在後方、聽得一臉無趣的那種人，然後忘掉現場還有其他聽眾，**開始想像在跟對方「聊天」**，假裝對方剛剛提出問題而你正在回應他，藉著運用想像力把演說拉回正軌，就能立刻恢復自然直接的日常閒談風格。

大家甚至可以自問自答，例如演講到一半時自己破題：「大家可能會想：對於這樣的主張我有什麼依據。有相當豐富的證據顯示……」再自己回答所想像的問題，就能扭轉自說自話的僵硬風格，看起來更自然，並烘托出更貼近人心的聊天氣氛。

誠意與高度熱忱也是加分選項，當講者自己都深受感動時，便能展現出真情實感，無需任何外力便能突破限制傳達出去，舉止和談吐自然真實、毫不矯情。

查爾斯‧雷諾茲‧布朗（Charles Reynold Brown）博士在耶魯神學院發表「佈道的藝術」（Art of Preaching）系列演講時曾說：「有位朋友在倫敦佈道時分享了寶貴建議，我永遠都銘記在心，這位講者就是喬治‧麥克唐納（George MacDonald）。當天選定的經文是《聖經‧希伯來書》，喬治宣道時對台下說：『對神信心十足的榜樣大

家都很熟悉，我不該跟各位解釋什麼是信心，神學院教授會提供大家更好的解讀，我今天在這裡是想幫助各位「去相信」。』」接著布朗博士簡單但深刻地分享他對神的信心，那一刻他在無形中締造了永恆的體驗，讓現場聽眾理智與情感上都對講者充滿信心。**講者從內心世界散發的真實美好，讓演說有了心跳、感染了每位聽眾。**

「讓演說有心跳」其實就是關鍵，當然這聽起來太含糊籠統，的確不太討喜，大部分學員都希望得到像駕訓班教學一般，簡單明瞭的明確步驟。

學員的心聲我聽到了，我也想提供精準的建議讓彼此都輕鬆些，但討喜的建議會有個小缺點：並不管用。這類建議往往會讓演說淪於匠氣，毫不自然、缺少人味，我自己就是過來人。年輕時浪費很多時間遵照這類指示，費心又費力。本書絕對排除這類不中用的建議，就像幽默大師亨利・惠勒・蕭（Henry Wheeler Shaw）的名言：「知道卻派不上用場，也只是浪費人生。」

◉ 公開演講時你有做到這幾點嗎？

接下來我們要討論自然說話時的特徵，讓大家更能清楚想像。其實我在寫這段前有些猶豫，因為我猜有些讀者會想：「我懂了！照著這幾點去做就沒問題！」抱歉，如果你真的只是照做，那絕對會出錯！**勉強自己，只會讓你在台上更僵硬做作。**

早在看這段文字之前你就已經天天這樣講話，像吃飯走路一般憑著下意識就能完成，這就是你該做的、也是**唯一可行**的說話方式，至於應用在公開演講，勤加練習也能達成的。先前我也強調過練習有多重要！

一、強調關鍵字詞

我們日常對話時本來就會**特別強調某些字，不重要的部分則輕鬆帶過**，就像坐車經過日常的景色你也不會多加留意。例如：要帶「身分證」、「不可」拍照等等，自然會改變音調或音量，讓重點「跳出來」成為主軸。

我形容的這種情況一點也不奇怪罕見，仔細聽身邊的對話，一天下來大概就能發現上百個甚至上千個例子，明天你自己也會這麼講話上百次。

請大家唸出下列句子並特別凸顯**粗體字**部分，其他地方就輕鬆帶過。觀察看看效果如何？

> 無論我做什麼事都能**成功**，這是因為我**立志**要辦到，我**絕不猶豫**，相對於別人就有了**優勢**。——拿破崙名言

還有其他朗讀方式喔！換個講者可能會強調不同重點，並沒有強制規定，隨時都可視情況調整。

請真摯地唸出以下段落，嘗試加強重點的說服力，有發現自己會下意識凸顯特定字詞、快速帶過其餘部分嗎？

> 如你認為被打敗，那確實已失敗；
> 如你認為不夠勇敢，那的確太膽小；
> 如你想贏但認為不可能贏，那百分之百不會贏。
> 人生每場戰役的贏家不必然最強壯敏捷；
> 但十之八九都是認定自己可以贏的人！——佚名

堅定意志大概是最重要的人格特質，是否能成就不凡、流芳百世，關鍵就在下定決心克服上千障礙，而且遭遇上千次挫折仍堅定不移。——老羅斯福總統

二、轉換語調高低

對話的過程中語調就像海浪起伏般自然有抑揚頓挫，原因沒人知道也從不重要，重點是這樣說話便於自然表達與理解，不用刻意學習都辦得到。我們從小就能下意識調整語調說話，無須刻意受訓，不過只要站起身面對聽眾，大部分的人語調都會變得平緩無趣，像沙漠般單調枯燥。

只要發現你自己語調平板而且通常聲音比較尖銳時，先暫停個幾秒提醒自己：「現在可不是機器人在演講！跟聽眾『說點人話』，放自然些！」

自我提醒管用嗎？也許有些幫助。停頓一下對你最好，但還是請大家多多練習，找出自救方案。

各位可**自行決定語調高低，讓重點更為突出**，成為整段話的亮點。著名的布魯克林牧師帕克斯・卡德曼（Samuel Parkes Cadman）佈道時很常運用語調，偉大演說家歐里佛・洛茲爵士（Oliver Lodge）、威廉・詹寧斯・布萊恩（William Jennings Bryan）和老羅斯福總統也是，幾乎每個傑出講者皆是如此。

以下段落中**粗體字**部分請大家用稍低的語調讀出，觀察看看效果如何？

我只有一個優點：**從不絕望**。

——福煦元帥（Ferdinand Foch）

教育的目的不在傳遞知識，而是引發**行動**。

——赫伯特・斯賓塞（Herbert Spencer）

我已活了八十六年歲月，見證數百人邁向成功，這些人生贏家最重要的特質就是**信心十足**。

——吉本斯主教（Cardinal Gibbons）

三、變換語速快慢

小孩子說話或成人一般對話中都會經常變換語速，對方聽了很舒服也很自然，下意識便可辦到並能強調重點，也許是最能凸顯發言主軸的方式。

沃爾特・史蒂文斯（Walter B. Stevens）在《記者眼中的林肯》（Reporter's Lincoln）一書中提及林肯最偏好的「托高亮點法」：

林肯會劈哩啪啦說完一大串，**接近重點時就拖慢語速加強效果**，再飛快飆到句尾作結⋯⋯，就算只是一兩個字，只要是重點他都會花上比一般慢三倍甚至六倍的時間「特別處理」。

像林肯這樣的演說方式，自然能夠抓住聽眾注意力。分享一下我自己的實際案例：我很常在公開演講時引述吉本斯主教的名言來

強調「勇氣」，因此我會慢慢地說出**粗體字**部分、細心斟酌每次吐露這些重點時的語氣，來呈現我有多心服（我也確實很認同）。請大家照我說的方式讀出下列段落：

> 吉本斯主教臨終前曾說過：「我已活了**八十六年**歲月，見證**數百人邁向成功**，這些人生贏家**最重要的**特質就是**信心十足**，唯有**勇氣才能造就不凡**。」

請大家試著漫不經心地說：「**三千萬元。**」會讓數字聽起來似乎無關緊要；然後再放慢速度、放入感情地說：「**三萬元。**」好像這金額高得驚人，聽起來是不是反倒比三千萬元更多？

四、重點前後停頓

林肯演說時很常停頓，只要他打算加深印象就會傾身向前直視聽眾，什麼都不說，讓突如其來的沉默留白吸引聽眾注意，更期待且專注於林肯接下來要說的話。林肯和道格拉斯參議員上演世紀辯論激戰至尾聲時，所有跡象均顯示林肯屈居下風，他開始沮喪、憂鬱，老毛病又犯，這股深沉感受也讓絲絲憂傷滲入話語。演說結束前他突然停頓並靜默站立幾秒，睜著深邃又有些抑鬱的雙眼，掃視現場冷漠旁觀或友善微笑的聽眾，雙手交疊彷彿已無力再戰，用他獨特的自白方式說道：「各位朋友，無論我和道格拉斯誰當選進入參議院都無關緊要，今天我們在大家面前提出的議題，遠勝於任何個人利益或政治考量。我的朋友啊……」林肯再次停頓，聽眾無不引頸期盼，「當我和道格拉斯法官都入土成為歷史，再多言語也終

將消逝無蹤，但這些議題仍然會持續發酵、考驗著我們的社會。」

林肯自傳的執筆作家回憶起這段演講時寫道：「這簡單幾個字搭配林肯說話的方式觸動了聽眾內心，無不深受感動。」

林肯說完要強調的重點後也會停頓，沉默加深餘韻的震撼，讓聽眾更能體會講稿的內涵。

演說家歐里佛・洛茲爵士也時常在**重點前後稍作停頓**，有時甚至一個句子停頓三四次，但都是出自於自然的本能反應。除非針對洛茲爵士的演說方法深入研究，否則聽眾根本不可能察覺。

暢銷作家吉卜林（Rudyard Kipling）曾言：「沉默本身即為有力發言。」在演說中善用沉默的優勢，便能實踐「沉默是金」、發揮更大影響力，重要性「不言可喻」，但初學者經常忽略這個關鍵。

以下節選沃辛頓・霍爾曼（Worthington Holman）的著作《銷售話術密笈》（Ginger Talks）其中一段，並標註有助於演說加分的停頓方式，但請各位留意：這**並不是**唯一一種運用停頓的方式。該怎麼營造出停頓的效果，並無「鐵律」，需視意義、個人特質與感受進行有彈性的調整，就算每次說的版本都不同也無妨。

第一次朗誦以下段落時**請先不要停頓**，第二次再依照我的標記來讀，觀察看看效果如何？

銷售商品就像打仗（停頓一下，讓聽眾吸收「打仗」的概念），唯有戰士才能取勝！也許狀況不如預期，但我們無法改變製造技術或商品外觀（停頓），遠赴銷售沙場時請鼓足勇氣（停頓），少了勇氣（多停頓一秒讓懸疑感迴盪），每次都只能無功而返、三振下場（停頓）。害怕投手的打者是要怎麼攻上三壘呢（停頓讓聽眾想像）？帶著歡呼聲光榮跑回本壘的，都是

征服全場的勇者（停頓營造期待，讓聽眾等著你介紹偉大的棒球員），滿懷堅定信念與決心！

請先消化下列名言的背後意義再大聲朗誦，自我觀察下意識地會在哪些地方停頓？

美國最偉大的沙漠奇景絕對不在愛達荷州、新墨西哥州，也不在亞利桑那州，而是藏在你我的內心：精神上的荒蕪貧瘠造就出全美最遼闊沙漠。

——約翰克諾斯（J. S. Knox）

治療人類疾病並無萬用的抗生素，提升大眾認知才是解決之道。

——福克斯韋爾（Herbert Somerton Foxwell）

我只需取悅兩個對象：上帝跟我自己。此生我必須和自己共度，到另一個世界才見上帝。

——前美國總統加菲爾德（James A. Garfield）

即便遵照我在本章所給的建議，上台演講時仍可能犯千百種錯，因為還是有人真的會把日常對話原封不動地移植到演說中，表達因此不夠打動人心、文句結構錯誤百出，讓整場聽眾尷尬又不自在。天生的自然交談方式仍需多方修正改進才能「出場見人」，請在日常對話裡修正你的自然表達直到臻於完美，再帶著最佳版本的自然對話風格上台。

自然風格演説練習

1. 強調關鍵字詞	練習：**粗體字**的地方請稍微大聲或加重語氣強調 無論我做什麼事都能**成功**，這是因為我**立志要**辦到，我**絕不猶豫**，相對於別人就有了**優勢**。
2. 轉換語調高低	練習：**粗體字**的地方請改用稍低的語調讀出 • 我只有一個優點：**從不絕望**。 • 教育的目的不在傳遞知識，而是引發**行動**。
3. 變換語速快慢	練習：**粗體字**的地方請稍微大聲或加重語氣強調 我已活了**八十六年**歲月，見證**數百人**邁向**成功**，這些人生贏家的**最重要**特質就是**信心十足**，唯有勇氣才能造就不凡。
4. 重點前後停頓	練習：讀到重點前、後時，請稍微停頓一下 銷售商品就像打仗（停頓），唯有戰士才能取勝！也許狀況不如預期，但我們無法改變製造技術或商品外觀（停頓），遠赴銷售沙場時請鼓足勇氣（停頓），少了勇氣（停頓），每次都只能無功而返、三振下場（停頓）。害怕投手的打者是要怎麼攻上三壘呢（停頓）？帶著歡呼聲光榮跑回本壘的，都是征服全場的勇者（停頓），滿懷堅定信念與決心！

重點摘要

一、演說的靈魂並非只靠「主材料」詞句組成，如何調味與呈現也是關鍵，「怎麼說」比「說什麼」更重要。

二、很多講者都會忽略聽眾，看著空中或地板大唱獨角戲，沒有和聽眾交流的演講完全失去溝通的意義，不僅在日常對話是硬傷，也讓演說一敗塗地。

三、理想演說風格承襲日常對話的語氣和直接，但又多了點「舞台效果」，下次參加一般活動發表演說時，想像你正在跟知名政治家閒話家常，把效果加乘！

四、每個人天生都有能力演說！懷疑嗎？不妨親自嘗試看看。就算是最無知的人無故挨打也會破口大罵吧？這時候說出口的話最為自然生動，正是公開演講的理想風格。但一定得靠自己練習、不能模仿他人，每個人自然的說話方式絕對獨一無二，把特色注入演說、展現個人風格吧！

五、演說時不妨想像成正在跟聽眾交流或回應提問，演說風格就會立刻趨於自然對話。想像有位聽眾提問之後你大聲地重述問題：「你們問我為什麼這麼認為？好的我來說明……」這樣便能顯得自然不造作，讓演說瞬間擺脫僵硬的講稿，顯得更有人性溫暖。

六、整個人投入演說並注入你的感情，真情實意對演講的幫助勝過任何教科書上的金科玉律。

七、我們日常對話中就能下意識地做到以下四個重點，但大多數人
　　一上台演講反而會自動「失能」，因此請檢驗一下公開演說時
　　你是否有：

1. 加強重點凸顯主軸、輕輕帶過不重要的部分。不經意地說著
　　虛字或連接詞，但是遇到重點字句就稍微大聲或加重語氣強
　　調。

2. 就像小孩天生就會變換語調那樣，說話聲調要時高時低。

3. 改變語速、忽快忽慢。不重要的部份快速帶過，遇到重點時
　　則放慢速度。

4. 快說到重點之前或剛講完重點之後，都會停頓一下。

第七章

台風
與人格特質

卡內基工程學院（Carnegie Institute of Technology）曾針對一百位卓越企業家進行智力測驗，採用類似第一次世界大戰時期的軍隊測驗方法，施測結果指出相較於智力優越與否，人格特質其實才是商場致勝的關鍵。

這項結果意義重大！對於商務人士、教育人員、專業人士和演講者而言，都值得深思。

除了演講前的準備工作，人格特質大概是公開演講能否成功的最重要關鍵。傳奇推銷員艾伯特‧哈伯德（Elbert Green Hubbard）曾說：「口才是否流利重點在於個人風格，而非說了什麼。」

我認為除了個人風格，應該還要加上內容巧思。但所謂的個人特質其實很抽象，沒有黑白分明的定義，而是生理、精神世界、意志、特徵、偏好、傾向、氣質、思維、元氣、經驗、訓練和整個人生的總和，複雜難解的程度堪比愛因斯坦的相對論，大概很少有人能搞懂！

人格特質來自先天遺傳與後天環境養成，要加以改變或改善難如登天！但深思熟慮地規劃後仍可加強某部分，提升影響力與吸引力。但是無論如何，只要努力，還是能調整與生俱來的特質，這點對於每個人都非常重要，儘管改善程度有其侷限，還是很值得深入探討。

如果你希望在聽眾面前善用每一分個人特質，見客時請務必**精神抖擻**——疲倦的講者毫無吸引力可言。千萬別犯了常見的致命失誤：拖延、怠惰、沒盡到做功課的本分，搞到最後急就章！趕工只會累積過勞的負面能量，身心負擔加重之下也會喪失該有的活力與創意，顯得緊繃而疲憊。

你說話太小聲，音調平平的聽不清楚，請講大聲一點。

別把疲倦不當一回事就上台演講，保持體力和精神很重要。

假設預計下午四點要在會議裡發言，午餐請吃清淡點並擠出時間午睡。此時你最需要休息，讓身心靈都能獲得充分滋養。

歌劇名伶格拉汀・法拉（Geraldine Farrar）交際應酬時一律早早離席，只為了早點就寢，不知情的新朋友多半深感驚訝，但格拉汀深知這是為藝術該做的犧牲。

女高音莉蓮・諾迪卡（Madame Nordica）也曾說過擔綱歌劇主唱的代價就是犧牲享樂：社交生活和誘人美食一概「絕緣」。

在重要演講登場前請務必**留意飲食**、節制食慾，學會「清心寡慾」少吃一點。傳奇佈道家亨利・沃德・比徹（Henry Ward Beecher）都只吃蘇打餅配牛奶，「輕食備戰」迎接重要演說。

澳洲歌劇女伶梅爾巴（Madame Melba）曾分享：「晚上要登台演唱前我都不吃正式晚餐，下午五點吃少量的魚或雞肉，甚至只吃麵包或蘋果配水，謝幕後我常飢腸轆轆地返家。」

梅爾巴和比徹都非常明智，我自己成為職業講者後才了解輕食

備戰的真諦。我曾經飽餐一頓後登台
演說兩小時，自然是一次非常慘痛的
經驗！從此立誓演講前放棄大魚大肉
搭配沙拉甜點的套餐享受。吃太飽只
會讓血液集中到胃而不是該思考的腦
袋，不但話講不好，消化機能也會更
差！鋼琴大師帕德雷夫斯基（Ignacy
Jan Paderewski）也說演奏前如果為
了滿足食慾對自己太好，「貪食蛇」
就會纏住指尖讓音樂變得平庸。

▲ 演說前只吃少量飲食，能
使頭腦清醒，思維敏捷。

◉ 優秀講者的致勝法寶

請務必讓**活力**維持在最
高點別掉下來，讓演講充滿
吸引力、能量和熱情的感染
力！我聘任講者或演講訓練
人員時很重視對方是否保有
充沛活力，因為講者的活力
就是「天然磁力」，聽眾自
然會因此受到吸引而聚集。

優秀講者的活力就是「天然磁力」，
聽眾自然會受到吸引而聚集。

英國倫敦海德公園（Hyde Park）素人即興演講的「**吸客力**」
高低，恰巧印證了這點！公園的大理石拱門入口區附近就是熱門演
講地點，各種立場互異、種族膚色多元的講者都會在星期日下午
「開講」，主題包括如何當個教宗眼中無可挑剔的聖潔信徒、社會

學者宣揚卡爾‧馬克思（Karl Marx）的經濟學觀點、印度裔講者為眾人解惑為何伊斯蘭教允許一夫多妻等等，任君選擇。有些講者身邊萬頭鑽動，有些則只能吸引零星聽眾，差別在哪？主題不同所以吸客力有差嗎？其實大多在於**講者本身**的差異：對演說本身更有興趣的講者就會更投入、自然也更有魅力，演講時注入的活力和精神讓表達生動活潑，自然贏得較多聽眾青睞。

◐ 衣著的影響力

　　曾有心理學家與大學主管針對衣著對本人的影響力做過調查，結果全部受試者都異口同聲表地示，打扮得體後「自己知道」也「感覺得到」自己形象良好。儘管抽象，但是當下能夠很明確地感受到不同，更有自信、少了自我懷疑而多了對自身能力的篤定，「**看起來像個贏家**」往往較能說服自己想像成功，也更容易表現出眾，這就是衣裝對人的影響。

　　至於講者的衣著對聽眾有何影響呢？我常發現要是講者穿著邋遢、不修邊幅、口袋亂塞雜物活像個掃除櫃，或穿搭明顯不上心，連包包都塞得過滿而變形，接下來演講時也無法贏得多少尊重，蓬頭亂髮沒修剪或鞋面沒擦亮就等於在告知聽眾：講者本人「內涵欠缺維修保養」。

↑ 打扮得體，除了給人良好印象外，也能更有自信。

◐ 歷史名將此生最大遺憾

美國內戰結束後，南方軍統帥李將軍（Robert E. Lee）前往阿波馬托克斯法院大樓（Appomattox Court House）接受北方軍統帥格蘭特將軍（Ulysses S. Grant）招降。李將軍雖是投降方卻全副武裝，打扮得無懈可擊，連佩劍都價值不斐；反倒是格蘭特將軍，沒有穿軍服大衣、也沒有配劍，一身輕便就現身。因此格蘭特將軍在回憶錄中感嘆：「我當時就是個差勁的對比！李將軍高大挺拔又衣冠楚楚，全身毫無缺點。」未能用心打扮後再現身歷史重大場合，成為格蘭特將軍一生最大憾事。

美國農業部（Department of Agriculture）曾在實驗農場重現蜜蜂生態，搭建數百個展示架搭配放大鏡、一按即亮的展示燈讓民眾觀賞，這些「展示蜂」可說是不分日夜被大眾關愛檢視。其實講者也是這樣：在放大鏡與鎂光燈下接受無數目光檢視，因此外型打扮只要出點小差錯就會更加突兀，吸引不必要的注意。

◐ 「發言前受褒或貶已成定局」

幾年前我曾為《美國雜誌》（American Magazine）撰寫關於紐約金融大亨的人生故事，請教主人翁的朋友這位企業家有何成功優勢時，很多人的回答居然是因為他笑容迷人！也許聽來浮誇，但我認為很貼切，畢竟很多人也具備經商致富的敏銳度，甚至更有經驗和判斷力，但這位成功人士就是多了一項優勢：討人喜歡。他**充滿溫暖的微笑讓人印象深刻，迅速贏得信賴與善意**，大家都樂見這麼討喜的人邁向成功，因此也樂於伸出援手、慷慨祝福。

中文有句俗諺：「人無笑臉莫開店。」演講時用笑容迎向聽眾，不也是「待客之道」？我想到之前布魯克林商會（Brooklyn Chamber of Commerce）曾主辦過公開演講課程，當時有位學員每次演講時都帶著一臉「今天好開心能夠發言」的溫暖微笑，身邊的人都認為他很喜歡參加課程，對待他自然也會更友善。

不過我也見證不少人一出場就滿臉冷漠，好像事不關己似地暗中希望這場演說愈快結束愈好，這種負能量會「一傳十、十傳百」，聽眾很快就感受到了！

心理學家歐弗斯（Harry Overstreet）在《影響人類的行為》（Influencing Human Beharior）一書中寫道：「如果講者對聽眾感興趣，那麼聽眾就可能對講者感興趣；但要是講者抗拒面對聽眾，聽眾行為和內心就可能會排斥講者；講者若有些怯弱不安，聽眾可能因此失去信心；講者若是自命不凡，聽眾則可能自我意識升高以保護自己。是否能夠贏得對方肯定，在開口說話前常常早已定案了，**因此請務必確保態度能贏得對方的友善回應。**」

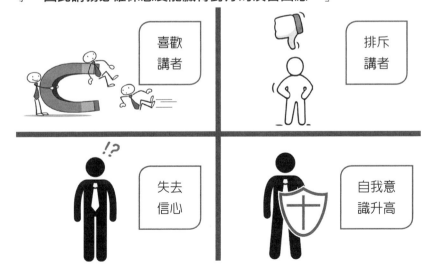

● 緊密聚集聽眾

身為專業公開演講者，我經常得在下午面對散坐各處的零星聽眾演講，晚上場次則是聽眾很多但空間狹小，但**「挨肩疊背」的夜間聽眾往往比「悠閒看戲」的午後聽眾更能接受笑點、反應熱烈**，有時甚至給予更多鼓掌回應，但我的演講內容並無不同，究竟為什麼會產生這種落差？

原因之一是下午通常是女性和孩童來聽演說，晚間聽眾確實比較精神抖擻、反應也更敏捷，不該期待兩個時段的聽眾都能熱烈回應，但這只是原因之一。

關鍵在於聽眾分布稀疏時，帶動氣氛會是一大挑戰！**遼闊開放的場地與間距過大的座位，會澆熄聽眾熱情。**

亨利‧沃德‧比徹在耶魯大學發表「佈道的藝術」系列演講時曾提到：

> 大家常問：「聽眾人數愈多，你的講道是否更有啟發力？」絕對不是。我對十二個人和對一千人都可以辦到相同效果，只是十二個聽眾得聚在一起肩併著肩聆聽；即便有上千名聽眾，如果彼此相隔太寬，其實效果等同一場空蕩蕩的演講……請各位務必聚集聽眾、讓佈道事半功倍。」

通常在一大群人中我們會放下個人主觀，成為群體的一員，比起個人更容易受到氣氛感染而大笑鼓掌。如果只是一小群聽眾，可能就不易被打動。

感動群眾比打動個人來得容易。士兵在團體行動時，很自然地

會犯戰場上的危險大忌：全部擠在一起。第一次世界大戰中，德國
士兵據說就經常挽著手一起衝鋒陷陣。

　　「群聚」是人類奇妙的自然傾向，歷史上重大的風潮與改革都
是因應「人潮聚集」的思維而生，知名社會心理學家埃弗里特・迪
恩・馬丁（Everett Dean Martin）就曾為此寫過一本很有趣的著作
《群眾行為論》（The Behavior of Crowds）。

　　如果聽眾人數較少，就應該選擇小場地。即便連走道都坐滿
人，也比讓聽眾各自孤伶伶地分散在大場地好！

　　要是聽眾真的太分散，就請他們來到前方、坐在你身邊，一定
要堅持聚集好聽眾才開口演說。

　　除非聽眾人數真的相當可觀而且講者得站在講台上，否則請跟
聽眾保持相同高度並親近聽眾，打破正式場合的拘束感，讓互動更
親密、演說更貼近交談風格。

不管是 12 人或是 1000 人的演講，都得讓聽眾肩併著肩聆聽，較能感動群眾。

若是讓聽眾零星四散各處，間距過大的座位會澆熄聽眾熱情，也不易打動人心。

◉ 龐德少校破窗供氧

請各位**確認演說場地空氣流通良好，這對公開演說的重要性等同於講者的喉舌**，就算是傳奇演說家西塞羅（Cicero）或歌劇名伶，也無法在空氣沉悶的地點讓聽眾「保持清醒」。我每次演說前都會請聽眾站起身來活動筋骨兩分鐘，趁此機會讓窗戶都打開，迎入新鮮空氣。

詹姆斯・伯頓・龐德少校（James B. Pond）退伍後伴隨紅極一時的布魯克林佈道家亨利・沃德・比徹踏遍美加各地巡迴演講，每次龐德少校都會提早勘查，確認場地的燈光、座位、溫度和通風均理想。他老派軍人的宏亮嗓門與活力不時需要「展現 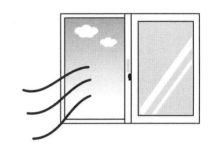 權威」，只要覺得場地太溫暖或空氣太悶就直接扔書把玻璃砸破，忠實奉行司布真牧師（Charles Haddon Spurgeon）的教誨：「對牧師而言最大樂事除了上帝，就是氧氣！」

◉ 召喚光芒把臉照亮

除非想搞點神祕氣氛，否則演講場地請務必光線充足！**明亮環境才有可能帶動聽眾熱情**，昏暗的燈光只會讓講者黯然下台。

如有機會翻閱劇場大師大衛・貝拉斯科（David Belasco）關於舞台燈光的真知灼見，就不難發現其實普通講者根本不了解燈光的重要性。

讓燈光照亮你的臉，聽眾可是很期待看到你的。隨著演說開始，講者臉部表情的任何細微改變也是無聲卻有力的表達，有時甚至比內容更重要。如果剛好站在燈光正下方，臉部反而會有陰影，**站在燈光前方最為理想。**下次站定位置開口演說前，好好挑個最佳位置「發光發亮」。

◯ 講台杜絕雜亂

別躲在講台後，大方讓聽眾看到你整個人，有些聽眾伸長脖子就為了卡到「走道視角」把你看個清楚呢。

相信各位都會遇到好心人想幫你準備小桌子跟水杯，但老實說要是你真的口渴，嘗點鹹或酸的就能生津解渴、更有幫助。其實根本不需要水杯，講台上也完全不需要其他累贅。

↑ 建議講台不要放水杯，讓自己成為唯一視覺焦點。

紐約百老匯鬧區的汽車展示間永遠都光鮮亮麗，巴黎的時尚香水珠寶專櫃也常保藝術美感，為什麼呢？因為對業績很有幫助。看到這樣的品牌形象會讓顧客多了尊敬和信心，也更願意光顧。

同樣道理，講者也該把「背景視覺」經營得賞心悅目，我個人認為最理想的配置就是完全沒有擺設：**講者後方都是空的，兩側也不擺任何東西**，頂多留著後方垂幕就好。

但通常講者後方會有些什麼？雜亂的地圖、標示、桌子，甚至一張張胡亂堆疊的椅子都有可能，影響當然就是整場演講庸俗凌亂、毫無氣氛。**請務必保持「你的展示間」乾淨而有秩序。**

亨利·沃德·比徹曾說：「公開演講最重要的環節就是講者本人。」因此請毫無保留地「獨挑視覺大梁」，讓自己成為唯一焦點！

◐ 謝絕閒雜人等客串

我有次到安大略省的倫敦市聽加拿大總理演說，現場居然有管理員拿著長竿直接在聽眾面前把高處的窗一扇扇打開，你猜聽眾做何反應？當然全部都忘了講者在幹嘛，只管著分心盯著管理員，好像他在表演特技一般！

聽眾並無法抗拒、也不想抗拒「瞄一眼」正在移動的物體，因此請講者銘記在心，別面臨這種哭笑不得的小插曲。

首先，講者自己**不該出現搓手指、玩衣角等等出於緊張的小動作**讓聽眾分心，有次在紐約遇到一位知名講者邊演說還邊撥弄講台飾布，台下聽眾就這樣分心看著「戲中戲」長達半小時。

其次，**請妥善安排聽眾座位**，盡量不讓已入座的人看到遲到進場者以免分心。

最後，**謝絕閒雜人等「搶戲」！**雷蒙德·羅賓斯（Raymond Robins）曾在布魯克林發表多場演說，我跟其他人受邀坐在台上聆聽。第一天晚上起我就注意到台上有多少人會動來動去、腳翹起又放下，每次一有動靜聽眾目光馬上就被吸引，我告訴羅賓斯先生這件事後，他很明智地決定接下來幾場都要自己「獨挑大梁」。

劇場大師大衛·貝拉斯科（David Belasco）從不在舞台上採用鮮紅花朵，只因其效果實在太搶眼，講者要是腦袋清楚，也不該讓坐立難安的賓客坐在自己後方以免喧賓奪主。

謝絕閒雜人等「搶戲」，讓台下觀眾時時刻刻只關注著你。

◯ 坐姿的藝術

我知道大家會想：講者如果不要一開始就面對聽眾坐好，來點具有新鮮感的出場是不是更好呢？

不過要是真的得「坐著亮相」，請大家謹慎留意坐姿。你一定看過普通人找位置的吧！四處張望、看到空位就加快腳步再軟綿綿地癱坐在椅子上，是不是很像找到午睡毛毯的小狗？

深知如何端正坐姿的人會細心控制自己擺正雙腿、挺直腰桿，但在外人眼裡仍保持輕鬆自在。

◯ 冷靜沉著

前幾頁才剛討論過演說時切記不要玩弄衣角或配件，避免聽眾分心，其實這種不必要的小動作還有個大缺點：讓你看起來軟弱而無自制力。**無法讓外在形象加分的動作就只是扣分，千萬別以為有灰色地帶。**要站就不如乾脆站好，展現意志力、冷靜迎戰。

站起身面對聽眾準備開口時，請勿倉促開場以免給人「新手」的生澀感，深呼吸然後再環視幾秒，如果現場有些吵雜或躁動，也

請等全場靜下來再發言。

　　其實平時就可以練習挺起胸膛暢所欲言不是嗎？下次上台時就能自然而然「就定位」了！

　　社會運動者路德‧古力克（Luther Halsey Gulick）在著作《效率人生》（The Efficient Life）中提到：「把脖子挺直碰觸到襯衫後領，會讓你看起來狀態最好！但只有不到十分之一的人會這麼做……」因此他也建議每天練習：「盡可能吸一大口氣，但是愈慢愈好，同時挺直脖子往後領口壓，並穩穩保持這個姿勢，即便誇張地刻意練習都無所謂，目的就是完整拉直背後至肩膀之間的肌肉，藉此讓胸膛自然挺起。

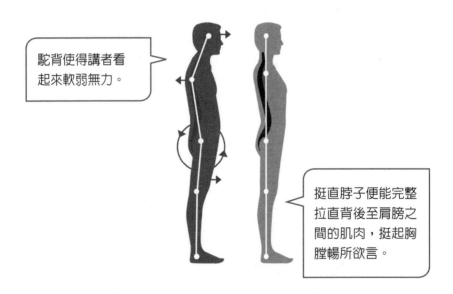

駝背使得講者看起來軟弱無力。

挺直脖子便能完整拉直背後至肩膀之間的肌肉，挺起胸膛暢所欲言。

　　那雙手該怎麼辦？別留意雙手，就自然地垂在身側。也許你會覺得雙手閒閒沒事做真的好像「兩串蕉」，但是別想太多！根本不會有人會注意。

其實雙手完全放鬆垂在身側最理想，幾乎不可能讓聽眾分心也無傷大雅，還可順應演說需求自然做出手勢。

不過假設你真的非常緊張，只能靠手擺在背後、插入口袋或放在講台上來幫助放鬆該怎麼辦？用常識判斷。我親眼見證好幾場當代最負盛名的演說家不時會把手插入口袋，威廉・詹寧斯・布萊恩（William Jennings Bryan）、錢西・德普（Chauncey M. Depew）和老羅斯福總統（Teddy Roosevelt）都曾這麼做，即使形象溫文華貴的前英國首相班傑明・迪斯雷利（Benjamin Disraeli）也會抗拒不住誘惑手插口袋演講，根本沒什麼大不了，天不會塌下來！**如果講者說的有內容**、迫切想要分享，也讓聽眾感染到真摯誠意，**手放在哪裡根本無關緊要。**只要腦袋清醒、心裡踏實，其他枝微末節都會順其自然一步到位，畢竟演講最重要的環節還是講者的心理素質，而非雙手怎麼擺。

◐ 手勢的古怪迷思

接下來我們談談「手勢」這個老是被誤解的觀念。我參加的第一堂公開演講課是由某位來自美國中西部的大學校長授課，主題就是手勢。很遺憾課程內容毫不實用，觀念錯誤連篇，照做絕對後果悽慘無比：他居然要我們把手臂垂在身側掌心向內朝臀部方向、微彎手指用拇指碰大腿，還得演練如何優雅地抬起手臂用手腕劃出「經典弧線」，再依序伸出食指到小指，練完整套華麗複雜的動作，手臂再回到原先「優雅做作」的初始姿勢放在腿旁，整個人被搞得既僵硬又分心！他所謂的「手勢理論」根本不合常理，正常人完全不可能這麼做。

整套搬演完畢之後，我根本沒有機會表現獨特性，也沒有動力做手勢輔助演說，更無熱忱全心全意地投入演講、暢快發言，只會像個機器人一般呀呀叫、抬抬手，死板到接近黑色幽默。

這詭異的手勢理論居然在二十世紀還聽得到，也算人間奇蹟了！但我幾年前仍看到「教人做手勢」的新書出版，解釋哪個句子搭配哪種手勢、用一隻手還是兩隻、手勢如何分低中高、手指要怎麼握……企圖把人「自動化」。我就曾看過一個班二十人站在教室前，同時朗誦書裡那些華麗不實的詞藻，遇到關鍵詞就打出相同手勢，愚蠢指數瞬間乘以二十倍，既刻意又浪費時間，還留下無窮後患！麻州有間規模可觀的大學曾開設公開演講課程，教務長私下跟我抱怨他從沒看過一堂「合情合理」的實用教學，對此我非常認同。

我看過已出版的演講手勢教學書，十之八九都浪費讀者人生也不值得印刷，「樣板手勢」全部來自冰冷書本，而非講者熱切想與聽眾分享的心。**講者因內心感動做出的手勢即使只有一秒，價值仍遠勝於事前熟讀「經典手勢大全」。**

手勢不是刻意迎合視覺效果的衣服配件，本質上就是和親吻、胃痛、大笑或暈車一樣自然的生理兼心理反應。

每個人的手勢就像自己的牙刷——獨特而個人，自然狀況下做出的手勢人人不同、別無分號。

訓練人類做出一模一樣的手勢簡直逆天而行！想想林肯跟死對

頭道格拉斯，雙方人格特質毫無交集、說話速度跟氣質南轅北轍，如果用完全相同的手勢演講，那個畫面只能用慘烈來形容！

　　林肯傳記作者與事務所合夥人威廉・亨頓（William Henry Herndon）曾分享：「林肯的手勢還不如頭部動作來得頻繁，常常隨著演說進展擺動頭部，這對於他加強論點與說服力至關重要，頭突然動一下就好像點燃了感染力的煙火般撼動全場。他從不費心模仿其他人老是用手在空中大肆比劃、營造舞台效果……他愈講心情就愈放鬆、身體動作也愈來愈自然，以自在心境催生出優雅氣質和尊嚴！林肯不愛誇飾造作地打手勢……細長瘦削的手指擺動，只為了配合意義深遠的詞彙加強論述，例如表達內心喜悅時會呈 50°角舉起雙手掌心朝上，好像在捕捉快樂的正能量；宣揚解放黑奴的理念便振臂疾呼、握緊雙拳劃過半空，讓理念的神聖使命感倍增，也成為林肯最有力的獨門手勢──象徵誓死拆毀仇恨高牆的堅定意志。他總是雙腳平貼地面、彼此平行，不會一腳前一腳後，也不會倚靠任何物體尋求支撐，而且每場演說的姿勢和態度都穩定持平，從不大聲嚷嚷也不來回踱步，為了避免雙手擺動，他左手拇指習慣朝上拉著左邊領口、右手自然垂在身側方便需要時隨時做出手勢。」雕塑家聖高登（Saint-Gaudens）即傳神捕捉到林肯最具代表性的樣貌，打造了屹立於芝加哥林肯公園的林肯雕像。

　　有別於林肯的自成一格，老羅斯福總統則更好動。演說時精力充沛，整張臉洋溢著鮮活感受，雙拳緊握，整個身體都是表

達情感的最佳利器！威廉‧詹寧斯‧布萊恩時常手掌平攤向外伸出；前英國首相威廉‧格萊斯頓（William Ewart Gladstone）則習慣握拳敲打桌面或是另一隻攤開的手掌心，有時還會以腳踱地製造出響亮的撞擊聲；另一位英國前首相羅斯伯里伯爵（Lord Rosebery）則喜歡舉起右手再俐落地朝下揮動，展現氣勢。**總之不管什麼手勢，只要演講內容是講者本人堅定信念的展現**，氣勢就會磅礡自然、力道十足！

「自然而然」與「真情實意」是所有動作背後的最高指導原則。 埃德蒙‧伯克（Edmund Burke）外型不討喜，演說時手勢也不好看；英國政治家小威廉‧皮特（William Pitt the Younger）據說口沫橫飛揮舞雙臂時「很像滑稽的小丑」；亨利‧歐文爵士（Sir Henry Irving）的瘸腿導致動作看來彆扭；政治家麥考利男爵（Lord Macaulay）在台上笨拙難堪；愛爾蘭傳奇政治家亨利‧格拉坦（Henry Grattan）、巴奈爾（Charles Stewart Parnell）等人也無一倖免。但就像寇松侯爵（George Nathaniel Curzon）在劍橋大學針對「國會殿堂雄辯術」演說時所提到：「偉大的公開演講家都會自創手勢，儘管外型出眾、舉止優雅對魅力肯定大大加分，但如果其貌不揚或古怪滑稽其實也無關緊要。」

幾年前我聽了當紅的英國佈道家吉普西‧史密斯（Rodney "Gipsy" Smith）演說，他吸引上千人認識耶穌基督的獨特魅力令我大大折服！不管做了再多手勢都像呼吸一樣自然，完全無需分神矯揉造作、堪稱典範。

各位練習演說時也應秉持「自然至上」的信念，手勢是由各位的天生特質、事前準備、熱忱、個性、主題、聽眾與場地環境交會之後集大成的自然產物，恕我無法提供任何固定的金科玉律。

◗ 效益可期的實際建言

在此倒是可以給各位幾點實用建議：請勿重複比劃單一手勢，容易顯得單調枯燥；不要突然僵硬地移動手肘以下的部位，從肩膀開始移動看起來會更加自然；倉促結束手勢也不太明智，如果伸出食指強調某個論點，就維持這個姿勢到整句話說完為止──很多人無意間都會犯下這種錯誤，不僅削弱說服力，也會讓重點失焦模糊。

真的站上台對聽眾演說時，保持自然的手勢就好。事前演練時以回歸自然為原則，「半強迫」自己因應內容需求去做手勢，真正上場時便可不加思索地比出該有的手勢。

請揚棄任何長篇大論的手勢工具書，因為全部都沒用！演說時讓自然流露的感動引導自己，比任何自詡為手勢訓練家的建議更可靠。

如果無法回想起前面對於手勢和演說風格的討論，記住這個重點就好：只要夠投入在演說中，心中迫切地想要分享理念，甚至進入忘我的境界，即使未深入思索手勢與演說風格，表現也能臻於完美。如果你有所懷疑，不如隨意找個人給他一拳，對方回神後你一定會聽到最「渾然天成」的真切表達！

最後，分享一句我認為是最棒演說風格的箴言給各位：

新酒裝桶後放心封裝，讓時間來接手，無須操心！

重點摘要

一、根據卡內基工程學院的研究，商場致勝關鍵歸功於人格特質而非智商，這也完全適用來解釋演說力的差異。但人格特質概念太抽象隱晦，無法提供明確指示，因此本章目的在於提供實用建議，協助講者表現出最佳的一面。

二、請勿在疲倦狀態下發表演說，請充分休息之後再上場。

三、演說前請節制飲食。

四、在演講中注入活力與精神，聽眾自然而然受到吸引、無法將目光從你身上移開一秒。

五、衣著裝扮力求得體討喜，花費心思打扮會讓你更看重自己、信心倍增。如果衣服、鞋子、髮型或鬍子全不及格，甚至口袋塞滿雜物，聽眾只會胃口盡失——人必自重而後人重之。

六、微笑面對聽眾，讓大家認為你非常開心能夠上台演說。牢記心理學家歐弗斯（Harry Overstreet）的精闢見解：「如果講者對聽眾感興趣，那麼聽眾就可能會對講者感興趣，環環相扣！開口說話前是否能贏得對方肯定，常常早就已經定案，因此請務必確保態度能夠贏得對方友善的回應。」

七、讓聽眾聚在一起聆聽演說，因為彼此間隔距離太遠的話，不容易受到感動。當聽眾身處人群之中，會更慷慨地給予笑聲並鼓掌肯定。

八、如果聽眾人數不多，情願塞滿小場地。講者也不要站在講台上，
　　跟聽眾維持相同高度，能讓氣氛更加親密無間，輕鬆自在如同
　　閒聊。

九、讓現場空氣保持流通。

十、保持場地明亮，並留意光線能否把臉照得清楚。

十一、別躲在任何道具後方，請事先把桌椅清空，講台上沒有不必
　　　要的雜物、確保整齊清爽。

十二、講台上如有其他受邀賓客，他們可能會不時移動身體，即使
　　　是最細微的小動作也會讓聽眾分心。移動的物體、動物和人
　　　都是具有致命吸引力的干擾，請別讓不速之客喧賓奪主。

第八章

精彩開場

我曾問前西北大學校長林恩・哈羅德・霍夫（Lynn Harold Hough）從傲人的豐富演講經驗中所獲得最寶貴的能力是什麼，霍夫沉思片刻回答：「構思引人入勝的開場白，立刻抓住聽眾注意力。」他會事前一字不差想好開場與結尾，同樣未雨綢繆的演說家還包括英國傳奇政治家約翰・布萊特（John Bright）、前英國首相威廉・格萊斯頓（William Ewart Gladstone）、丹尼爾・韋伯斯特（Daniel Webster）與林肯總統等人，幾乎有專業知識與經歷的講者都會這麼做。

至於菜鳥講者呢？少有人這麼認真！**事先準備需要時間、巧思和強大意志力**，畢竟思考是件令人痛苦焦慮的事，愛迪生的發明工廠牆上有句約書亞・雷諾茲爵士（Sir Joshua Reynolds）的名言：

人總是千方百計地避免真正用心去思考。

新手講者往往逃避事先準備，可惜把希望寄託給「臨場」反應，通常只會導致慘痛的「下場」：

前方陷阱重重充滿荊棘，已可預見悲劇作結。

新聞界名人諾思克利夫子爵（Lord Northcliffe）從英國低薪階級開始力爭上游，最終成為最富有且影響力最鉅的新聞界大老，他曾說法國思想家巴斯卡（Blaise Pascal）的名言就是他邁向巔峰的「登雲梯」：

預測未來就能承擔大局。

這也是各位準備演說的寶貴箴言。**請想像剛上台腦袋最清醒時該如何謹慎開口説出每句話,並預測最終會給人留下什麼印象**,幸運的話也許就此長存聽眾心中!

從古希臘大哲學家亞里士多德的時代起就有「演說三部曲」的論點:開場、主軸與結論──直到近代所謂的「開場」才漸漸變得平易近人──常由講者宣揚新資訊作為演講開端,有點像在主持生活類節目。大概一世紀以前,講者的確就像現代的報章雜誌、廣播電視、電話與電影院一般,世世代代扮演為聽眾傳遞新知的角色。

但現代生活早已迎來劇變,工業革命後的一百年之間,新發明推陳出新的速度早已超越先前人類文明史的總和!汽車、航空、廣播、電視等等都讓時代加速變遷,**現在所謂的演說開場必須精簡得像則小篇幅廣告,因為聽眾耐心十分有限**,總會心想:「你想講什麼?要講就快點!別修飾太多、廢話連篇,真憑實據說一說就下台休息吧!」

美國前總統伍德羅・威爾遜(Woodrow Wilson)在國會發言為面臨嚴峻情勢的海軍發聲,因事態急迫他只用短短幾句抓住聽眾注意:

> 我國正面臨外交突發危機,而我有責任誠實告知各位國家的難題。

美國鋼鐵大亨查爾斯・施瓦布(Charles Schwab)對紐約州賓州協會成員演講,第二句就單刀直入:

> 現在全美國都在想同一件事:景氣衰退有何意義?未來對我還有什麼影響?我個人則較樂觀……

安迅資訊公司（National Cash Register Company）的銷售主管對員工喊話時只用三句話就俐落開場，直白易懂且充滿感染力：

你們拿下訂單讓廠房運轉，大家才能看到冒煙的煙囪；但過去兩個月冒出的煙還不足讓土地染上煤灰。景氣即將好轉，我們就來探討如何讓業績火紅、「長久冒煙」吧！

經驗不足的講者能這麼簡單俐落地開場嗎？訓練不足或資歷尚淺的講者往往會犯下列兩種錯誤以至於得不償失，請繼續看下去！

好的開場白，可以馬上拉近你與聽眾之間的距離。

開場白若講得不好，聽眾對你的印象就會大打折扣。

◉ 謹慎處理幽默破冰

新手常認為自己就該像老手一般妙語如珠、幽默感爆棚，也許原本是非常嚴肅的人，但上台了就「莫名受到感召」決定向幽默大師看齊，採用所謂的幽默小故事開場。這種狀況在夜間講座尤其常見，但效果如何？「可笑」的只有小故事本身，**但由新手說出來可能根本就像枯燥的旁白解說，完全點不到笑穴**，就像哈姆雷特抱怨人生的台詞：可厭、陳腐、乏味而無聊！

聽眾買票入場看演藝人員表演卻笑不出來，那大概不會客氣，早就噓聲四起、冷嘲熱諷，但演講聽眾通常出於憐憫會擠出尷尬的笑聲，心裡其實都同情講者的笑點太弱。大家應該都有當過慘劇見證者的經驗吧？

困難重重的演說領域中，還有比「戳中聽眾笑穴」難度更高的挑戰嗎？沒有。**幽默感跟個人特質環環相扣**，精密複雜簡直就像門科學。

請切記，小故事本身好不好笑往往不是關鍵，**述說的方式才是重點**。幽默大師馬克·吐溫講的笑話原封不動由一百個人來講，成功逗笑聽眾的大概只會有一位。研究一下林肯在伊利諾州第八行政區旅館所說的小故事好了，都是一些能讓當時聽眾長途跋涉、聽了整晚卻不覺得累，且根據現場見證「讓大夥笑到翻過去」的橋段，大聲讀給家人聽，看看他們會不會笑：

有個旅客趕夜路回家，在伊利諾州的平原突然遇到暴風雨，四周一片黑暗。暴雨下得像世界末日，雷聲也大到像爆炸，閃電照亮夜空的瞬間，他看到樹木東倒西歪。最後一道震耳欲聾的

雷聲讓他崩潰，平時不禱告的他跪下祈禱說：「如果不太麻煩的話，請祢多給我們一點閃電、少點雷聲。」

也許有些讀者幽默的基因超強，那就請幸運兒繼續帶來歡笑，這種人到哪裡都備受聽眾愛戴。但如果你的才能屬於其他領域，就別勉強搞笑、整慘自己囉！

超好笑的喔！

哪裡好笑？

◀ 如果不夠幽默無法引人歡笑，那就得調整你的語言方式了。

深入檢視錢西・德普（Chauncey M. Depew）和林肯等著名演說家的生涯，你會很意外這些人所累積的「故事」，數量相當有限，知名演說家艾德溫・詹姆斯・卡特爾（Edwin James Cattel）就曾坦承自己從未為了想展現幽默而分享什麼小故事。說到底，幽默就像錦上添花，但「好插曲畢竟不是主旋律」，美國幽默大師史特里克蘭・吉利恩（Strickland Gillilan）就曾自我約束一開場三分鐘絕不說任何小故事。如果連吉利恩都這樣認為，你不妨也照做看看吧！

這麼說，開場就得慎重沉悶、嚴肅以對嗎？當然不是，還是可以用當地聽眾熟悉的資訊引起共鳴或呼應場合，甚至引述其他講者的話都可以，觀察些生活中的突發狀況再稍微誇張點分享給聽眾，效果絕對遠勝老掉牙的制式笑話！

製造笑聲最簡便的方式大概就是分享「本人的故事」，想像一些自己面臨哭笑不得的尷尬場景，那通常最接近「幽默」的核心意義。路人摔得超慘、狗狗跳出窗外撿球結果直奔天堂等等，世界各地都會有人因此發笑，或許有些人的同情心會蓋過大笑的衝動，但是看到路人追著被風吹走的帽子，或很衰地踩到垃圾滑一跤，嘴角也會忍不住微微上揚吧？

把幾個彼此沒啥相關的概念拌成「大雜燴」，大概是最容易逗笑聽眾的方法，例如某個幽默的記者就在某篇報導寫道：「我討厭孩子、廢話連篇，喔對了！也很討厭民主黨。」

看看以下鬼才文人吉卜林（Rudyard Kipling）在英國發表的政治演說開場白，他當時比較像宣揚個人理念，而非故意製造笑點，但他的真實經驗和玩世不恭贏得了聽眾青睞：

> 各位先生女士，我年輕時曾在印度當過報社記者報導刑事案件，工作內容超有趣，因為我藉此認識好多賣假貨的、盜用公款的、殺人犯、野心比天高的運動員（笑聲響起），有時我報導完案件後還會去監獄探望當事人（笑聲響起）。我記得有個殺人犯逃過死刑，他非常油嘴滑舌，還跟我分享一個人生故事，他說：「聽我的準沒錯，只要走一次歪路就會壞事接連無法停止，必須一直到砍了某個人才能改邪歸正。」（笑聲響起）老實說我們的國會現在不就是這樣嗎？（笑聲伴隨歡呼聲）

前美國總統威廉‧霍華德‧塔夫特（William Howard Taft）在大都會人壽保險公司（現為 MetLife）管理人年會上，就曾展現無比的機智幽默，請留意他如何取悅聽眾並附贈讚美：

各位大都會人壽保險的管理人員大家好，我九個月前在家鄉聽了場晚間時段演說，講者坦承他上台前有點擔憂，事先請教常受邀在晚間發表演說的朋友。朋友跟他說理想狀況下，晚間時段的聽眾最好是聰明有學識，而且因為剛下班清醒程度減半（聽眾大笑鼓掌）。現在我要說：你們是我遇過最棒的晚間聽眾，而且並沒有像那位朋友所說的精神欠佳（掌聲再起），這就是大都會人壽保險公司與眾不同的態度！

◉ 勿以道歉開場

第二個常見的新手失誤就是歉意連篇開場：「我不是專業講者……我準備稍欠不足……其實我沒有太多話好說……。」

不好意思，我不是專業講者……

◀ 欠缺自信的演說，給人的印象就是──沒有說服力。

切記！別道歉。就像吉卜林的詩第一句：「再繼續也是多餘。」聽眾只要一聽到你道歉，就會開始這樣想。

你真的準備不足台下還是有人能察覺、有些人則渾然不知，那又何必道歉？告知聽眾講者準備不足，等同承認這個場合對你而言不夠重要、隨口說說就能打道回府。別鬧了！可沒人想聽抱歉。聽眾到場是希望得到新知、被挑起興趣或者感到開心。

講者一出現在聽眾面前很自然地就能抓住目光，接下來的五秒保持注意力最容易不過，但要**維持聽眾五分鐘的專注力才是挑戰**，一旦失去吸引力要再贏回來，可是難上加難！**因此第一句就該火力全開**、揮灑魅力，「善用蜜月期」。

此刻各位心裡大概想著：「那要怎麼辦到？」老實說是條前途不明的艱苦奮鬥之路，有太多因素必須考慮：你本人的狀態、聽眾、主題、素材、場合等等。希望接下來我的建議在未來能發揮價值，成為你的錦囊妙計。

◉ 點燃好奇心

霍維・西利（Howell Healy）在費城賓州地方社團演說時以下列方式開場，看完後各位一定會很有興趣想聽完整場。

八十二年前的這個季節在倫敦有本篇幅不長的故事書問世。從作者提筆的那刻起這本書注定名留青史，後來許多人都盛讚它為「全世界最偉大的小書」，而在剛開賣時大家碰面第一句都會問：「你看過那本書了嗎？」而對方通常會回：「看了！作者太神了！願他一生平安。」

第一天上市這本小書就狂賣破千，兩星期內立刻狂銷一萬五千本。至今它已多次再版，也翻譯成各國語言，我們說話的當下原版手稿正躺在紐約大富豪約翰・皮爾龐特・摩根（J. P. Morgan）的豪華蒐藏庫中，當年售出可是創下天價記錄！

大家猜到這本經典了嗎？就是查爾斯・狄更斯（Charles Dickens）的詼諧小品《小氣財神》（Christmas Carol）！

這個開場氣勢如何？是不是很想繼續聽下去得到解答？為什麼？不就是因為好奇心已經被挑起，所以欲罷不能嗎？

↑ 透過提問激發起好奇心，能立刻讓聽眾集中注意力仔細聆聽。

這就是好奇心的魔力！無人能倖免。

我碰過鳥兒飛出深山樹林，只因好奇想瞧瞧我這位不速之客；很多阿爾卑斯山區的獵人會在身邊鋪床單吸引羚羊注意，等著「甕中捉羊」；貓狗等其他動物也難擋天生的好奇心，蠢蠢欲動！

　　所以**第一句話就挑起聽眾好奇心，等於成功讓聽眾「願意繼續收聽」**。

　　例如講述「阿拉伯的勞倫斯」（Colonel Thomas Lawrence）冒險犯難的經典形象時一開場就說：

> 英國前首相勞合・喬治（Lloyd George）曾如此盛讚勞倫斯上校──當代最浪漫不羈的一號人物。

　　這樣開場有雙重優勢，首先引述傑出人士的說法輕鬆抓住注意力，再來就是讓聽眾好奇：「有多浪漫？真的這麼有魅力？勞倫斯上校是誰？他做過什麼？」

　　美國傳記作家洛威爾・湯瑪士（Lowell Thomas）形容他眼中的勞倫斯：

> 某天在耶路撒冷的基督大街上，一個人朝我走來，東方風格的裝束華麗耀眼，身側還掛著穆斯林經典的雄偉金彎刀，但卻沒有阿拉伯人典型的黑眼或棕眼，雙眼清澈湛藍。

　　這樣是不是會很好奇他是誰？為什麼要裝扮成阿拉伯人？有過什麼奇特經歷讓他變成這樣？

　　如果一開場劈頭就說：「各位知道現在仍有十七個國家存在著奴隸制度嗎？」是不是除了好奇心還多了震撼力：「天啊奴隸制度！現在還有十七國？不敢置信……有哪些國家？在哪裡？」

　　製造良好效果就自然能讓聽眾很期待接下來的發展，例如有位學員曾經說：

有位國會議員最近在開議時表示，他希望通過一條規定，禁止學校方圓三公里內的蝌蚪不能長大變成蛙類。

很搞笑對吧？你大概會想：這也太古怪，有實際執行的可能性嗎？其實有啦，只要繼續聽下去就知道囉！

美國雜誌《星期六晚郵報》（The Saturday Evening Post）某篇標題「與幫派共舞」的文章是這樣破題的：「幫派真的有組織嗎？原則上都有，但是怎麼形成的？」靠著幾個字讀者就知道大意並且開始對幫派組織興趣濃厚，文字處理細膩、非常值得各位鑽研公開演講時參考。

多看看報章雜誌如何破題，腳踏實地研讀這些技巧，絕對比狂讀演講稿更有實際效益。

◉ 何不先說個好故事？

聽眾其實最想知道講者本人的經驗，羅素·康維爾博士（Russell H. Conwell）的知名講座「鑽石就在你家後院」（Acres of Diamonds）總計舉辦超過六千場，吸引數百萬名聽眾，他是怎麼造就這股驚人旋風的？

我跟其他人在 1870 年前往中東地區的底格里斯河，在巴格達雇用當地嚮導帶我們遊覽波斯帝國首都波斯波利斯、亞述帝國的尼尼微還有巴比倫……

➡ 波斯帝國首都波斯波
利斯的遺址

　　直接切入故事讓聽眾只想繼續聽下去，**觸動人心的破題無人能抗拒**，就像一有人舉旗領路，大家都會想跟著走。這本書的第三章也是用故事來開頭的，你發現了嗎？

　　以下是某一期《星期六晚郵報》的兩篇文章開頭：

1. 尖銳懾人的鳴槍聲劃破寂靜。
2. 七月的第一個星期在丹佛市的山景飯店發生了一件小事，但對未來可能影響深遠，因此飯店常駐經理戈貝爾（Goebel）格外留意。之後他通報了來視察的老闆史帝夫·法拉岱（Steve Faraday），法拉岱旗下擁有十餘家飯店。

　　注意到了嗎？這兩篇開場都少不了「動作場面」，讓讀者很想繼續往下看到底發生了什麼事。你應該也一樣迫不及待吧？

　　只要運用說故事的技巧挑起好奇心，即使菜鳥講者通常也能精彩開場。

◐ 精確描述、精準開場

對一般聽眾來說，長時間聆聽抽象敘述不僅困難還很折磨人，何不明確舉例、生動呈現這些譬喻？但是這對講者來說並不容易，我自己也知道。訓練學員時大家都會想：「先說幾句大綱好了。」但這並非明智之舉。請善用舉例，先引起眾人興趣，再補充你的看法即可。如需範例，回頭翻一下第六章的開頭參考一下吧！

那你正在讀的這一章，又是運用什麼技巧開頭的呢？

◐ 展示物品

最容易吸引聽眾注意力的方式莫過於「端出焦點」——**思考再單純的生物都無法不將注意力放在突然出現的視覺刺激上！**即便是最冷漠古板的觀眾也適用。

例如艾略斯先生（S. S. Ellis）在費城演講時，就把一枚硬幣夾在指尖高舉過頭，讓每個聽眾的目光都瞬間被吸引後說：「有人在路邊撿過這種硬幣嗎？據說幸運發現的人會賺回好幾枚，還有房地產開發案什麼的連本帶利，只要出示硬幣……」然後開始批判充滿誤導又欠缺道德意識的商業操作。

◎ 問出好開場

艾略斯先生還有個值得學習的長處：**很會問問題！**聽眾可以邊思考邊跟著講者深入探索演講主軸。應該還記得 158 頁提到的那篇：「幫派真的有組織嗎？原則上都有，但是怎麼形成的？」不就用三句子、兩問題輕鬆破了題嗎？這是能讓聽眾「思路通暢」最萬無一失的妙計。**如果其他方法都不管用的話，那就提問吧！**

◎ 引用名人的問題

著名人士說的話本身就是吸引力保證，挑選高知名度者提出的問題絕對是最佳鋪陳，看看下列強調商場致勝的開場討論：

「造物主獎勵幸運兒財富或榮耀只有唯一標準。」這是阿爾伯特・哈伯德（Elbert Hubbard）先生說過的話。標準，就是熱忱動力。怎麼定義？就是「不需要別人提醒自己就能做對」的事。

這段開場有很多優點，例如第一句就成功點燃好奇心讓大家想聽下去，說完「阿爾伯特・哈伯德」再花點心思多停頓一下，就能讓沉默製造懸疑，讓聽眾心想：「怎樣才能得到財富榮耀？趕快跟我說，要是我不認同就另當別論，但現在先告訴我答案……」然後第二句就切入主軸，第三句又問了定義，讓大家繼續思考下個層次——聽眾絕對喜歡「現在換我思考」這種有事可做的感覺，然後第四句就直接給出定義，接下來講者就會提供真實案例讓大家想像體會。這樣完美無缺的結構，絕對是公開演講的「優秀典範」。

第一句：點燃好奇心，製造懸疑讓大家想聽下去。

第二句：切入主軸。

第三句：讓大家繼續思考下個層次。

第四句：直接給出定義。

◉ 主題呼應聽眾興趣

開場時直接切入聽眾的個人關注焦點，必定能抓住聽眾的心。
大家絕對想深入了解對自己意義深刻的事物。

聽起來不過是常識，對吧？但實際上很少人能付諸實踐。例如我常聽到很多講者劈頭就說：「定期健康檢查很重要。」接著大談特談美國生命延長研究所（Life Extension Institute）的成立背景、有哪些單位、提供什麼服務……，你覺得有人想知道千里之外、名不經傳的地方有些什麼嗎？大家當下最關心的當然就是世界上最偉大的生物──自己。

為什麼不換個角度，直接說明研究所的成立宗旨其實就是為了服務現場每位觀眾？改成這樣說：「各位知道根據壽險報表分析，平均每個人還能活多久嗎？專有名詞叫『預期壽命』，也就是目前年齡到八十歲之間的三分之二。例如今年三十五歲，距離八十歲還有四十五年，三分之二的話就是再活三十年。覺得夠久嗎？怎麼可能夠！誰不希望多活久一點？但數百萬筆資料統計出來，就是這個

結果。有沒有可能打破公式活得更久？可以辦到！善加預防並不是不可能，所以第一步應該要接受全面健康檢查……」

　　接著再深入說明定期健康檢查的重要性，聽眾才有興趣了解跟這個議題相關的衛教組織。一開頭就長篇大論某機構的成立背景，根本不可能點燃聽眾熱情，充其量只能稱得上「悲劇序曲」。

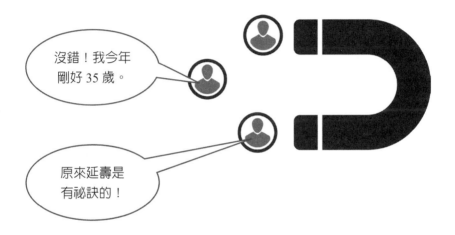

　　再為大家提供一個實例。有位學員強調「森林保育刻不容緩」時如此開場：「身為美國人，我們該為坐擁豐富的天然資源感到自豪……」接著開始講美國浪費木材的速度飛快到令人羞愧的地步，但這個開場太含糊，無法讓聽眾感受到節約資源有多迫切、多重要而且需要被討論。其實聽眾裡就有印刷出版業者，森林耗損對他的重要性不言而喻，金融業的聽眾絕對也很擔憂美國經濟榮景消逝，有這麼好的機會不妨換個說法：「我接下來要說的主題對 A 老闆很重要，對 B 老闆來說也是；其實這件事某個程度上影響了物價和租金，因此每個人未來能不能幸福生活、迎接繁榮都取決於此。」

這樣是否過度誇大了森林保育的重要性？我不這麼認為，阿爾伯特・哈伯德其實也提過類似的建議：**「把焦點做大、讓大家忍不住多瞧瞧！」**

◐ 驚人數據最能撼動人心

出版界聞人麥珂爾（S．S. McClure）曾說過：「好的雜誌文章就該集結各種震撼爆點。」

猛「料」出匣，誰能抗拒不多看幾眼？例如巴爾的摩市的名人巴倫廷先生（N. D.Ballantine）在講座「廣播傳奇」的開場：

> 各位知道借助無線電的話，即使只是隻小飛蠅飛過紐約某扇窗戶，小小的嗡嗡聲也能清晰傳到非洲中部的尼加拉瀑布嗎？

哈利・瓊斯先生（Harry G. Jones）在紐約市創辦了同名公司，他是這樣開場介紹美國的刑事案件困境：

> 前最高法院首席大法官威廉・霍華德・塔夫特曾說：「我國的刑法法庭對文明世界而言，根本就是恥辱。」

這樣的開場具有雙重優勢：震撼人心，而且居然是出自於法律界位高權重的大老。

費城公益團體樂觀協會（Optimist Club of Philadelphia）創辦人保羅・吉朋斯（Paul Gibbons）探討犯罪議題時這麼開場：

美國人是全球最糟糕的罪犯，這話雖不中聽但絕對正確。位於俄亥俄州的克里夫蘭，謀殺案件數是倫敦的六倍，搶劫案是倫敦的一百七十倍！但兩地人口其實差不多。克里夫蘭每年遭遇搶劫，或因搶劫而受攻擊的案件數居然超過英格蘭、蘇格蘭和威爾斯三地加總。聖路易斯的謀殺案受害者也遠超過英格蘭和威爾斯兩地總和；紐約市的謀殺案件數更超過法國、德國，義大利和英國也遠遠被拋在後頭。慘痛代價的背後主因是我國的懲罰不夠嚴屬，犯下殺人罪執行死刑的機率居然不到百分之一，一般人死於癌症的機率卻是受死刑執行率的十倍。

多成功的開場！完全傳達出講者對議題的渲染力和急迫動機，巧妙拋出議題又打出精采全壘打。我也聽過很多學員選擇相同主題、舉差不多的實例佐證，但開場卻總是索然無味，好像忘了加什麼料，讓講稿無法順利燃起聽眾的熱情之火。就算演說結構完美無缺，少了講者的活力熱忱，就像把上好食材交給業餘廚師一樣，被糟蹋了！

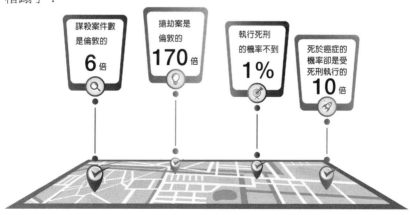

🖊 用數字來證明、講述的觀點，會更具有說服力。

⬤ 看似尋常卻價值連城的破題

下列開場典範非常精彩，也請自己思考優點究竟在哪。美國社工運動先驅瑪麗・李奇蒙（Mary E. Richmond）在「紐約女性投票聯盟」呼籲立法禁止未成年者結婚：

> 昨天我搭火車經過離這兒不遠的某座城市，想起幾年前辦在那裡的一場婚禮，其實全國很多婚姻都像這樣倉促成事且結局慘烈，我就用這個例子讓大家認識今天的主題。

> 12 月 12 日，就讀高中的十五歲女孩認識了一位男孩，男生在附近大學剛取得主修資格。這是他們第一次見面，不過三天後居然就跑去登記結婚，並且聲稱女生已滿十八歲，所以無須取得父母親同意。因為女孩是天主教徒，所以拿到結婚證書後他們就跑去找牧師，當然牧師很堅定地拒絕證婚。也許是透過牧師或其他管道，女孩母親聽到消息，但她還來不及找到女兒，某地院法官已經幫他們證婚生效。這對新人在飯店住了兩天兩夜，兩天後新郎就拋棄了女孩，再也不跟她一同生活。

我個人非常喜歡這個開場，第一句就呈現了回憶畫面，讓人很想知道事情接下來的進展，婚姻又是每個人多少都關心的主題，而且講者說得非常自然，沒有淪於過度正式又老掉牙的學術風。開口第一段娓娓道來的口吻令人覺得溫暖，就像在跟朋友分享生活瑣事，而非一聽便知死背或蒐羅大堆資料的複雜陳述，這種風格聽眾最願意買單！**精心準備卻又渾然天成，這才是聽眾真正想要的。**

重點摘要

一、演講一開場就破題非常困難，但是卻非常重要，此時聽眾腦袋還很清醒，也比較容易留下深刻印象。別放棄寶貴機會，請事前務必費心準備。

二、開場最好一兩句話即可，去蕪存菁、精簡至上。用最少的字切入演講主軸核心，不要貪多而顯得累贅。

三、新手往往會一開場就「炫耀幽默」或「展現歉意」，但這兩招都很不管用。只有少數人能懂的幽默故事，會讓其他人非常尷尬，小故事要言簡意賅，幽默才是目的，而不是專心只講故事。剛上台就道歉其實效果很糟，聽眾有時會認為你很無理，很快就對你失去興趣，單刀直入、俐落地講完所有精華就收尾吧！

四、想討聽眾歡心不妨參考以下幾點：

　　1.點燃好奇心。

　　2.說個好故事引起共鳴。

　　3.精準描述某個案例。

　　4.展示物品引人注目。

　　5.用提問代替開場。

　　6.引用名人的問題，拾人牙慧、借力使力。

　　7.指出演說主題和聽眾的關係。

　　8.利用驚人數據撼動人心。

五、不要正經八百地嚴肅開場，提一下最近發生的事或剛討論過的內容，讓自在親密的氛圍從一開場就蔓延開來。（「昨天我搭火車經過離這兒不遠的某座城市，想起幾年前辦在那裡的一場婚禮……」）

第九章

如何劃下
漂亮句點

想知道整場演講最容易被看出是菜鳥講者的地方是哪裡嗎？就是開場與結尾。劇場界流傳對演員的評語：「光看登場和下台，就能立刻見真章。」

　　開場與結尾——要在任何活動展現功力，全靠這兩個關鍵時刻。平常出席社交場合光是想做到優雅打招呼、得體離席，不就已經整慘了許多人？商業會談剛開始就講出氣勢再漂亮收尾，做得到的也只有少數佼佼者吧？

　　結尾是整個演講最應該精心構思的得分點，如果夠精彩，便會在聽眾腦海中縈繞不去，講者形象也因此深深刻印在聽眾心中。可惜新手講者往往輕忽了寶貴的結尾，草率了事。

　　最常見的錯誤例如什麼？接下來會提供幾個例子並討論應該如何補救。

　　首先，結尾時有人會說：「以上差不多就是我全部的看法，就說到這裡為止吧！」

　　這根本稱不上結尾！

　　講者根本不該犯這種致命錯誤。真的能做到把該說的話全都說完了嗎？直接收尾轉身回座，反而更有格調又安全，讓聽眾自己去回味演說內容。

　　另一種錯誤就是——重點都說了，但完全不懂得如何收尾。暢銷幽默作家亨利・惠勒・蕭（Henry Wheeler Shaw）戲稱征服公牛時抓住尾巴比抓住牛角明智，畢竟這樣放手也輕鬆些；不過有些講者倒是抓了「牛角」，絞盡腦汁撐過開頭和中場，收尾時卻找不到使力點，只好胡亂兜圈、十分狼狽，這樣只會在聽眾心中留下差勁的印象。

錯誤的結尾

🔊 「以上差不多就是我的全部看法，到這裡為止吧！」
把重點都說完了，結尾時找不到使力點，會給人留下差勁的印象。

怎麼補救？**事前好好準備如何作結最為明智。**面對聽眾時講者壓力最大，精神緊繃很難擠出完美句點，上台前獨處冷靜思考，才可能漂亮下台。

丹尼爾・韋伯斯特（Daniel Webster）、英國傳奇政治家約翰・布萊特（John Bright）與英國首相威廉・格萊斯頓（William Ewart Gladstone）等優秀演說家駕馭文字皆功力深厚，但仍然認命又踏實地字斟句酌，事前寫好結尾並記牢，從不恃才傲物。

新手講者模仿這些偉大典範絕對沒錯，收尾時心裡必須很清楚最後要「打包」的論點，並事前演練多次，也許每次排練都換換不同用詞，但一定要把想法轉化成實際的文字記牢。

演講過程中有時必須修正路線、更動講稿內容，好讓聽眾更容易下嚥。所以最好事前準備兩三個不同版本的結尾，以便臨場應付。

可惜有些講者總是撐不到終點，講到一半就出錯，像引擎故障狂冒黑煙，聽眾只能一路見證講者顛簸前進，講到最後「嘎然而止、車體瓦解」。因此應該事前好好檢修演練、充實腹案，把油槽加滿。

很多新手結尾的功力有待加強，結束得太突兀無法「劃下完滿的圓」，讓聽眾覺得稍欠專業。就算是一般社交場合，有人聊一聊就突然閉嘴、拔腿告退，不是也很失禮嗎？

即使是林肯總統準備第一次就職演說時也曾犯錯。當時美國國內南北兩派敵對勢力爭擾不休，最終掀起腥風血雨爆發南北戰爭。林肯就是在詭譎的政治氣氛中對南部各州演講，結尾他本來打算這樣說：

> 各位心有不滿的國人啊，內戰如此重大的決定是掌握在你們手中，而非我能決定！美國政府絕不會攻擊人民，但各位如果決定宣戰，請大家心中不必覺得掙扎，你們從未向上帝發誓要毀滅政府，但身為總統的我卻有神聖誓言必須履行，堅定保護國家人民。各位可以忍受美國因內戰而受到撕裂，但我不能退卻要力保國家，因此我沒有選擇權而應交給大家取捨：「要擁抱和平還是訴諸武力？」

林肯把草稿交給國務卿西華德（William Henry Seward）。西華德很忠實地指出結尾過於直白唐突、煽動性過高，因此修改結尾並寫了兩個版本給林肯參考。林肯最終選定其中一版，並用自己的口吻稍作修改，成功擺脫過於激動的缺失，傳遞友善溫暖、風格優美動人：

我很希望能繼續說下去。我們是朋友而非敵人，絕不應刀劍相向。雖然社會敵我意識高漲，人民情感的連結仍可堅定不移。我們分享共同記憶，一同緬懷開國元老建國的所有甘苦。當人心的聖潔戰勝私慾，情感也終將戰勝仇恨。

新手講者如何營造適當的結尾氣氛呢？只能參照非黑即白的公式嗎？絕對不行。演說結尾就像文化特色一樣，是個複雜的「有機體」，**仰賴講者本人的感受和直覺，否則難以當場進行判斷。**

最好事前準備兩三個不同版本的結尾，以因應演講過程中所發生的種種出其不意。

但感受力可以靠後天培養。細心研究知名講者如何作結，就能「鍛鍊」出屬於自己的感受經驗。以下範例就是當年威爾斯王子至加拿大帝國俱樂部（Empire Club of Toronto）的演說結尾：

我其實很擔心自視過高只顧著談論自己，但這場是我在加拿大有幸受邀的最大規模演說，我深刻感受到我的職位和所應承擔的責任多麼重大，我向各位保證會隨時自我督促，履行一己之責，絕不辜負各位的期望。

就算只用聽的，也能明確「感受」演說要結束了，毫無懸念、乾淨俐落！圓滿的結論也能令聽眾感到踏實。

知名神學家哈利・艾默森・福斯迪克（Dr. Emerson Fosdick）曾在瑞士聖皮耶日內瓦大教堂佈道，當天是國際聯盟（League of Nations）第六次大會開幕式後的首個週日，演講主題為「拿起刀劍者必將死於刀劍」。請仔細觀察結尾時他如何以強烈用詞呼應崇高理念、餘韻繞梁：

我們無法在基督精神與戰爭之間找到共識，但現在我們迫切需要喚起大眾身為上帝子民的良知。戰爭是對人類影響最大、損害最深的悲劇，違反所有對上帝的信念，也違背耶穌基督的教誨與祂身體力行的典範。宣戰等於也否定了所有信徒應實踐的教條、推翻所有神職人員宣揚的教義，破壞性之大，沒有任何其他事情足以比擬。基督教會應大聲疾呼，將戰爭視為這個世代最神聖重大的挑戰，重拾當初自詡為社會中堅的精神，不畏艱難樹立明確道德標竿，勇於抵禦異教威脅，且拒絕成為好戰各州的政治籌碼，將上帝放在國家主義之上，呼籲大家擁抱和平。這不是否定愛國主義，而是實踐身為上帝子民的使命。

在此，身為美國人的我，在這個充滿上帝榮光與各位善意的地點，我雖然無法代表美國政府發言，但我除了是美國人也是基督徒，我想代替其他數百萬美國人民對各位說：「我們相信國際聯盟的努力。」很遺憾我們不是聯盟成員，但我們仍會衷心祈禱與你們共同迎向和平，這是人類有史以來最神聖的目的，否則步入戰爭將面臨前所未有的人間煉獄。就像自然力學不會

　　為了人類改變，上帝的道德訓誨也不會因任何人或國家立場而改變：「拿起刀劍者，必將死於刀劍。」

　　精彩的結尾並非只靠講稿妙筆生花，**講者的演說風格才是「關鍵催化劑」**。福斯迪克氣勢磅礡，林肯第二次當選就職演說則慷慨激昂，有如演奏管風琴般震撼全場。牛津大學榮譽校長寇松侯爵（George Nathaniel Curzon）曾盛讚林肯第二次當選就職演說的以下段落是「人類史上最光輝璀璨的瑰寶……雄辯是金，而林肯造就真金」：

　　我們懇切祈禱，願戰爭折磨早日消逝，但如果上帝要讓戰爭延續，直至兩百五十年來我們因奴隸無償勞動所積聚的不義財富全數散盡，直至鞭笞奴隸所流的每滴血均因拔刀揮劍血債血償，三千年前《聖經》已說：「耶和華的典章真實，全然公義。」

　　我們對任何人均無惡意，都懷有善心。我們堅信上帝賦予我們明辨是非的能力，讓我們努力完成正在推行的大業、修復這個國家的傷痕，關懷每位戰死的烈士和他的妻兒，為我國及全世界竭盡所能爭取公正和平、長久維繫。

　　大家剛看完我認為人類史上最優美偉大的演說結尾，各位認同嗎？其他演說講稿中有看過比林肯所說更富人性光輝的金玉良言嗎？

　　作家威廉・巴頓（William E. Barton）在《林肯的一生》（Life of Abraham Lincoln）書中寫道：「雖然此前已有『蓋茲堡演說』精湛的表現，林肯這次演說仍然締造全新高度，充分展現他的睿智

與無與倫比的精神層次。」

美國政壇改革先鋒卡爾‧舒爾茨（Carl Christian Schurz）也盛讚：「這場演講本身就是首聖詩，過去從未有任何美國總統這樣對人民演說，林肯從內心深處勇敢發聲呼籲、句句真心。」

不過各位別緊張，我們都不是美國總統或重要領導人，有可能只是在社會工作領域發表演講時需要劃下一個「好句點」，到底該從哪裡著手呢？接著我們就一起來研究，看看有哪些實用的方法。

◉ 壓縮重點

即便整場演說不過三到五分鐘，還是有可能囊括很多論點，因此到了結尾聽眾可能會消化不良，但很少有講者會留意到這件事，多半會盲目地預設立場：「剛剛說得這麼清楚，大家應該都明白吧？」可是往往只有自己覺得很清楚。聽眾其實很需要沉思消化，這些新論點對他們來說都是突然出現的全新概念，一起排山倒海而來，通常只有部分能真正留存聽眾腦海，其他都模模糊糊成一團。

某位真名無從考究的愛爾蘭政治家，據說曾給出這帖演說祕方：「先跟大家說你會告訴他們，再說你該說的，最後再跟大家報告剛剛都已經跟他們說了。」看似搞笑但很實際，各位最好真正實踐「跟大家報告」這個步驟，但務必精簡快速、點出大綱即可。

以下就是個理想範例，來自芝加哥某鐵路公司的車流管理人員：

簡單來說，這個車阻裝置我們自己愛用，美國東部、西部還有北部也都反應良好，音控原理讓操作更加簡便，也確實成功地

降低每年事故率，省下成本，因此我誠摯呼籲南部鐵道也應盡快裝設。

發現了嗎？**就算只聽演說的最後幾句，也完全知道他剛剛講了什麼**，結尾彙整了所有精華、字字珠璣。

非常實際的做法對吧？確實值得效法。

結尾必須精簡快速、點出大綱。

◐ 呼籲行動

剛剛這段結尾也是呼籲採取行動的最佳示範。講者希望做到以下這件事：南部鐵道也裝設相同的車阻裝置。他舉出的例子有可以省錢、避免事故等等，希望能夠真正訴諸實際行動，也確實相當有說服力。這段可不是練習版本，而是在鐵路公司董事會上的正式演說，最終也成功獲得董事會的首肯進行裝設。

呼籲聽眾以實際行為完成目標。

◉ 簡短而誠摯的讚賞

偉大的賓州將帶領全美更快迎接嶄新時代！賓州不僅擁有傲人的鋼鐵產值，更是全球最大鐵路公司所在地，同時也是全美第三大農業州，等於囊括全部的商業發展優勢、迎接經濟榮景，穩定攀上全美領導州地位，精湛表現前所未有。

查爾斯·施瓦布（Charles Schwab）於賓州協會（The Pennsylvania Society of New York）晚宴上發表的演說，就是這樣作結，讓聽眾心情愉悅且樂觀迎接未來。雖然這是完美典範，但各位應發自內心真誠表達，才能發揮效果，誇張客套只會讓人覺得虛假又沒感情，反對講者心生抗拒。

◐ 幽默揮別觀眾

名演員喬治・科漢（George Cohan）曾說：「**記得讓觀眾笑著送你下台！**」如果你有能力辦到、也寫好講稿了，那下一步該怎麼走呢？這是最關鍵的一步——展現自己獨特的「告別姿態」。

英國前首相勞合・喬治（Lloyd George）對著保守派衛理公會基督徒演講，主題還是修復宗教領袖約翰・衛斯理（John Wesley）的墳墓，看到這裡你大概會想整場演說必定從頭嚴肅到尾，可是勞合・喬治仍在結尾製造歡笑：

🎙 如果你有能力辦到，請記得讓觀眾笑著送你下台！

很高興各位準備修復衛斯理之墓，他值得尊崇而且生前也非常重視整潔形象，我記得沒錯的話他曾說過：「衛理公會信徒絕不能邋遢出門。」我想因為這樣，的確從沒看過邋遢的衛理公會信徒（笑聲），讓他的墳墓雜亂見客真是加倍不敬！大家應該都記得有天某個小女孩跑到門口大聲對經過的衛斯理說：「衛斯理先生，願上帝祝福你！」而他回答：「很感激妳呀！保持臉和衣服乾淨，我相信上帝會更加倍祝福妳！」（笑聲），這說明了他有多重視整潔了吧！別讓他的墳墓繼續雜亂，他要是回到人世看到心裡會很受傷的。請好好修繕保養衛斯理之墓，不僅緬懷他也表示對神壇的崇敬，展現各位純淨聖潔的信心。（歡呼聲）

◉ 詩意翩翩的結尾

利用幽默或詩意為演講劃下句點最受聽眾青睞，合適的詩句對結尾幾乎是加分保證！除了文學美感還能增添趣味和講者個人特色。

國際扶輪社員亨利・勞德爵士（Sir Henry Lauder）在愛丁堡對美國扶輪社代表演說時這樣結尾：

> 大家回去可能會寄給我明信片，如果沒寄我也會寄給你們的！
> 收到時一定會發現是我寄的，因為我不會蓋郵戳（笑聲），但
> 我會記得寫以下這段話：
> 春夏秋冬四季輪轉，
> 萬物皆有時，人人皆明瞭，
> 但唯一常保繁盛、新鮮明亮，
> 那就是我對你們的愛與關懷。

這段話不僅符合勞德爵士的風趣，也呼應演講主軸，絕對是講者專屬最棒的結尾；如果換另一位扶輪社員在嚴肅主題下用這段結尾，只會讓人滿頭問號。隨著我指導公開演講愈久，愈深刻體悟**絕對無法提供任何場合都一體適用的建議**，演說主題、時段、場地和講者都是變動因素，就像使徒保羅（Saint Paul）的名言：「作成自己得救的工夫。」請大家自救自助吧！

我曾受邀出席紐約某專業人士退休晚宴，許多講者輪流上台致敬，並祝福主角在新的領域繼續發光發熱，這麼多段致詞中只有一位結尾令人難忘，就是引用詩句搭配充滿感情的聲音，直接對著主角說：

現在該說再見了，願全天下的美好祝福都獻與你！

我學習東方人的傳統手放胸口，

願阿拉真神的平安與你同行；

無論你往哪去、從哪啟程，

願真神的祝福在你身上閃閃發亮；

在白天奔波、夜間安歇時，

願真神的愛讓你幸福滿溢；

我學習東方人的傳統手放胸口，

願真神的平安隨時與你同在。

　　布魯克林 LAD 汽車公司總裁科伯特先生（J. A Abbott）對員工發表「忠誠度與合作精神」演說時，便引用吉卜林（Rudyard Kipling）著作《第二叢林書》（Second Jungle Book）當中一段：

神聖叢林法萬代常存且千真萬確，好比天空廣大無垠，

遵守法則的狼將永存萬世，違逆自然終將消滅無蹤；

藤蔓無限循環纏繞樹幹，自然法則亦無始無終，

狼的力量來自狼群，狼群的力量也仰賴狼，互為始終。

　　有空的話可到公共圖書館查找演說素材，如果專業圖書館員在場，不妨告知想為某個主題搭配相關詩詞作結，通常像《巴特利特語錄》（Bartlett's Familiar Quotations）等工具書就能派上用場！

現在
該說再見了……

最後以名言作結，除了可以
呼應演說主軸與加強重點，
還能留給觀眾美好的印象。

《聖經》名言加持

　　幸運的話，《聖經》智慧可以讓演說更有內涵，通常也會留下深刻印象，例如金融業鉅子范德利普（Frank Vanderlip）針對美國盟軍債券的議題，就以這段話作結：

> 如果只想為自己牟利，自私自利
> 只會讓獲利歸零，兌現的永遠只
> 有仇恨不是報酬。善用智慧、慷
> 慨大方，獲利保證才能實現，行
> 善最終能獲得的成果，絕對遠勝
> 於現在評估的損失！「因為凡要
> 救自己生命的，必喪掉生命；凡
> 為我喪掉生命的，必得生命。」

掀起高潮

　　高潮尾聲非常受歡迎但也很難實現，畢竟不是所有講者、也不是所有主題都能適用，但如果運用得宜效果會非常出色，氣氛將一

波波攀上最高點！本書第三章提到演講比賽冠軍對費城的頌讚，也是掀起結尾高潮的成功示範。

　　林肯總統曾以尼加拉瓜大瀑布為主題進行演說，結尾成功掀起高潮。請留意他如何鋪陳語句，讓氣氛逐漸向上推升，並輔以哥倫布、耶穌基督、摩斯和亞當等人作為比喻：

　　這讓我想起哥倫布發現美洲新大陸、耶穌基督在十字架上受難、摩西帶領以色列人渡過紅海，甚至是亞當從造物主手中誕生，而尼加拉瓜大瀑布仍在我們眼前屹立不搖。當前人屍骨滋養這片大地，見證一切的大瀑布仍眷顧著我們。遠在人類出現地球之前它已存在，見證首位人類踏出第一步，卻依然如萬年以前奔騰不倦。驚人巨獸如長毛象僅剩骨骸能證明當年威猛，想必互古之前牠們也曾看過尼加拉瓜大瀑布，驚嘆那綿長的水流從不乾涸、結凍、休眠、止歇！

　　美國廢奴運動先驅溫德爾・菲利普斯（Wendell Phillips）也曾運用相同技巧，以海地革命家杜桑・盧維杜爾（Toussaint L'Ouverture）為題發表演說，以下就是當時菲利普斯的演說結尾，指導演講的相關書籍時常引述這段講稿，偏實用取向的現代讀者也許會感到詞藻太過華麗，但字裡行間的活力與能量仍躍然紙上。菲利普斯是在十九世紀中期寫下這段講稿，讀來或許有些無奈，畢竟菲利普斯曾預言後世會給美國廢奴運動主義者約翰・布朗（John Brown）與盧維杜爾正確的歷史評價，但筆者寫下本書時仍未等到這天。也許預測歷史走向就跟預測明天股價一樣，難如登天吧！

也許盧維杜爾是拿破崙再現，但拿破崙是靠打碎承諾、踩著鮮血才得到江山，但他從未違背誓言，且一生信奉「絕不報仇」的座右銘，最後他跟兒子永別時說了這句：「孩子呀！有天你會回到聖多明哥，請忘了是法國殺了爸爸。」也許盧維杜爾是海地的克倫威爾（Oliver Cromwell），但克倫威爾的格局不過是軍人，在英格蘭創立的短暫政權已隨他而逝；也許盧維杜爾是海地的華盛頓，但華盛頓總統任內還是有奴隸制度，而盧維杜爾勇敢賭上江山，只為了讓奴隸制徹底從海地消失。

也許讀過歷史的各位會認為我瘋了，但絕非因為你們眼前有位瘋子，而是大家心中已有成見。五十年後真相必定得到平反，重新評價雅典將軍福基翁（Phocion）、羅馬議員布魯圖斯（Brutus）、英國議員漢普頓（John Hampden）以及領導美軍為獨立奮戰的法國拉法葉將軍（Marquis de La Fayette）。華盛頓總統繼續成為近代文明史經典代表，但約翰·布朗也能與之並列，史書將重新界定何謂偉大，兼具軍人勇氣、政治家眼界與烈士情懷的盧維杜爾將享有應得的崇高地位。

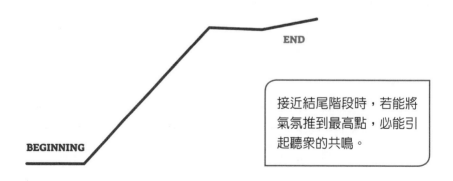

END

BEGINNING

接近結尾階段時，若能將氣氛推到最高點，必能引起聽眾的共鳴。

◉ 收得恰到好處

請多方搜尋、嘗試演練，直到能讓開場與結尾連成一個完美的圓，**在最適當的地方見好就收。**

如果講者不能事先將講稿剪裁得恰到好處，在追求高效率的現代社會中，聽眾大概不會買單，想要贏得青睞難如登天。

即使是使徒保羅，據說也犯過太過嘮叨、囉嗦的錯誤，若不是聽眾裡有個年輕人尤蒂克斯（Eutychus）因為聽到睡著，從窗戶跌落地面摔死，保羅大概還不想收尾吧！我記得有位正職是醫生的學員曾在布魯克林大學俱樂部（University Club）發表演說，當天晚宴已進行許久，很多講者都輪流發言過了，輪到他時已經是凌晨兩點，如果直覺敏銳些或心思細膩點，應該視情況把講稿砍半、讓大家早點回家就寢，可惜事與願違──他老兄整整說了四十五分鐘。他才講不到一半，很多聽眾心裡就巴不得有人睡著摔下樓或剛好弄壞東西，這樣就不必再聽他廢話了！

喬治・羅瑞梅先生（George Horace Lorimer)）擔任《星期六晚郵報》編輯時曾告訴我，如果某連載文章很受歡迎，他習慣在熱銷度最高時先停止刊載讓讀者「敲碗鼓譟」。何必這麼大費周章？他解釋道：「大受歡迎後人們很快就會滿足，新鮮感也會因而消退。」

這句智慧建言很適用在公開演講：**見好就收！讓聽眾欲罷不能想聽更多。**

耶穌基督最偉大的經典佈道「登山寶訓」（Sermon on the Mount）總長不到五分鐘，林肯總統的蓋茲堡演說也為時不長，就算翻開《聖經・創世紀》的故事也比一般報章雜誌描述兇案過程的報導篇幅還短。所以請切記：少說就是多贏！

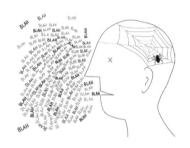

很重要的事情要「講三次」，
但請記得如果結尾太嘮叨，只
會使人新鮮感消退，心生厭煩。

　　前英國聖公宗總執事強森（William Percival Johnson）寫過
關於非洲原始部落的傳道回憶錄，他曾住在部落觀察當地人長達
四十九年。他說在村落集會或宗教活動中只要講者「太囉嗦」，非
洲人就會用母語大叫：「夠啦！夠啦！」

　　另一個部落則只用單腳站立聽講者演說，要是沒著地的那隻腳
撐不住了、腳趾碰到地面，就等於發出「下台警示音」，講者一定
要作結。

　　我想一般的聽眾多半會出於禮貌、有耐心一點，但心裡仍然很
厭惡不夠乾脆的囉嗦講者。

　　請把負面範例牢記心底，
　　深信各位不會步上後塵，
　　並終將領會公開演說真諦。

重點摘要

一、演說結尾是最應細心對待的戰略位置！結尾若能贏得聽眾好
　　感，也會留下最深刻的記憶。

二、請勿在結尾時說：「以上差不多是我全部的看法，就說到這裡
　　為止。」請直接收尾，不必「預告」。

三、記得連演說大師都得事前費心規劃、踏實演練，才能牢記結尾
　　時的「謝幕台詞」。走要走得漂亮，別給聽眾留下不及格的句
　　點。

四、提供七個結尾建議：

　　1. 彙整重點重申意見，簡短強調演說主軸。

　　2. 呼籲聽眾採取行動。

　　3. 誠摯讚美聽眾。

　　4. 製造歡樂。

　　5. 引述恰當的詩句。

　　6. 借用《聖經》名言。

　　7. 掀起高潮。

五、事前演練能讓開場與結尾連接成一個完美的圓。結束要及早且
　　巧妙，在聽眾厭倦前就該見好就收。切記：大受歡迎後人們很
　　快就會滿足，新鮮感也會因而消退。

第十章

清晰聚焦

第一次世界大戰期間，某位頗有名望的英國主教到美國厄普頓港（Camp Upton）向軍隊演說，當時這群教育程度不高的軍人正準備啟程投入歐洲戰事，但幾乎沒人清楚被派去前線的主因。我怎麼知道？因為我確實問過他們。當天主教大人高談闊論「國際和平」與「塞爾維亞重見光明」，但一半以上的聽眾根本搞不懂塞爾維亞是地名或是一種病！老實說這位主教還不如談談太陽系起源的「星雲假說」（Nebular Hypothesis），因為效果根本差不多。不過因為現場有軍官拿著步槍駐守出入口，全場倒是乖乖聽到最後，沒人敢提前離席。

我無意藐視主教的內涵，如果當天他對知識份子演說則另當別論，但現場是群普通士兵，效果自然奇慘無比。主教並不了解聽眾組成，也很明顯地搞錯演說的主要訴求，更別提要怎麼實現演講目的了。

演說的主要訴求如何定義？其實很單純。不管講者事先是否清楚每場演說的個別情況，都離不開「四大目標」：

1 清楚說明。

2 讓聽眾印象深刻並且被大力說服。

3 呼籲採取行動。

4 娛樂聽眾。

接下來提供幾個實例給各位參考。

林肯總統對機械組裝興趣濃厚，曾發明能舉起擱淺船隻脫離海岸障礙物的專利裝置。當時他在自己法律事務所附近的維修廠工作，並裝了一台這種裝置，雖然發明夢並未能受世人青睞，林肯仍然熱情不減！只要朋友來訪、參觀，他都詳細解釋並相當樂在其中，主要目的正是「**清楚說明**」。

無論是林肯生涯代表作「蓋茲堡演說」、第一與第二次總統就職演說，或是在前美國國務卿亨利‧克萊（Henry Clay）告別式的追思演說，不論哪種場合，主要目的都是「**讓聽眾印象深刻並且被大力說服**」。當然得先「**清楚說明**」，才可能具有說服力，但在某些狀況下，清晰解釋並非主要考量。

林肯對陪審團發言時自然賣力表現，爭取對自己有利的結果；從政後發表演說則賣力拉票，目的是「**呼籲採取行動**」。

選上總統兩年之前，林肯曾以「嶄新發明」為主題走上演說之路，當時他的目的是「**娛樂聽眾**」，主要訴求是寓教於樂，但很遺憾當年的演講成效不佳，甚至巡迴到某城鎮時聽眾人數掛零！

但在本書很多例子中，林肯締造的演說表現仍空前成功，他是怎麼鹹魚翻身的？因為在我舉的這些例子中他掌握了明確目標，也深知如何達標——等於已經鎖定了目的地，手上還拿著詳細路徑分析圖——很多講者就是少了這點才「迷失在自找的迷霧之中」。

🔔 掌握明確目標，等於拿到詳細的路徑圖。

我曾經親眼見證某美國國會議員在紐約競技場劇院（New York Hippodrome）演說，慘遭聽眾狂噓、狼狽下台，因為他居然把「清楚說明」設為當天主軸，判斷力實在欠佳。當時第一次世界大戰尚未落幕，他逐項告知美國進行了哪些戰備作業，可是在苦悶的戰爭期間聽眾要的是什麼？當然是娛樂而不是說教！剛開始大家還保持禮貌和耐心聽了十分鐘，但十五分鐘後他還不識相地繼續廢話，聽眾不想疲倦站著受折磨，於是有人開始喝倒采、開了第一槍，隨即引發骨牌效應，現場近千人開始鼓譟。講者除了感受遲鈍，無法發現聽眾的反應不妙，我想大概也思路遲鈍，不僅沒有趕快找台階下，還繼續猛嘮叨。這下聽眾更火大，煩躁轉化成暴躁，全場大聲抗議要他回家。終於，鼓譟聲淹沒講者音量，連前排聽眾都只能看到嘴型，他老兄才肯罷休，狼狽下台。

請從負面教材學到教訓，先搞懂演說的目標是什麼，先了解要怎麼實現演說目的，再著手進行準備：**一定要先確定方向，才能夠**

啟程出發。掌握這點之後再開始精準規劃，展現優秀講者的風範吧！

◉ 比喻巧，反應好

別輕忽清楚說明的重要性，也別忘了執行起來並不容易。我曾出席某愛爾蘭詩人親臨現場演說的賞詩會，活動都進行了一半，全場聽眾卻還一頭霧水，大部分的人都聽不懂他到底在講什麼。

歐里佛・洛茲（Oliver Lodge）爵士長達四十年來都在大學任教，且時常發表公開演說，我們切磋交流公開演講時他說：第一要素是講稿內涵與事前準備，第二就是「竭盡所能講得清楚」。

毛奇將軍（General Von Moltke）於普法戰爭爆發時對部屬說：「只要下了有誤解空間的命令，最後往往就會鑄成大錯。」

拿破崙也深知相同風險，他最常叮嚀身邊助手的一句話就是：「講清楚！講清楚！」

使徒問耶穌基督問什麼講道要用比喻，耶穌回答：「因為他們看是看見了，卻不曉得；聽是聽見了，卻不明白。」

演說時傳達的資訊對聽眾來說往往很陌生，比起聽耶穌講道，你覺得聽眾面對你時理解力會稍微更高一些嗎？

幾乎不可能！那該怎麼辦呢？耶穌遇到類似情況時如何解套？採取最單純自然的方式就好：**連結新奇概念與已知事物**。例如：天堂該是什麼樣子？耶穌當初面對沒受過教育的牧羊人講道，於是祂選擇用對方熟悉的物品和活動來解釋：

天國好像麵酵，有婦人拿來，藏在三斗麵裡，直到整團都發酵起來。

天國又好像買賣人尋找好珠子，遇見一顆珍貴的珠子，就去變賣他所有的一切，買下這顆珠子。

天國又好像網撒在海裡……。

對於當時以務農放牧維生的平民來說，畫面是不是很具體？聽眾裡有家庭主婦、商人跟漁民，這都是熟悉不過的日常。

《舊約聖經》裡，大衛又是如何說明上帝對人的關愛呢？

耶和華是我的牧者，我必不致缺乏。祂使我躺臥在青草地上，領我在可安歇的水邊……。

天堂該是什麼樣子？對牧羊人來說，有讓羊兒安心飲水的環境，就是「天堂」。

　　綠草如茵，還有平靜的河水讓羊兒安心飲用，當年在貧瘠環境中求生的牧羊人，絕對很容易想像這麼真實的「人間天堂」！

　　給大家看一個有點幽默但非常經典的實務做法。宣教士到非洲赤道附近部落傳教時得翻譯《聖經》，此時配合當地方言去處理某些比喻就是挑戰：「你們的罪雖像硃紅，必變成雪白。」直接翻譯嗎？翻起來完全沒有意義啊！當地人冬季時不用像苦命的美國人得剷雪移車，方言中甚至根本沒有「雪」這個詞，大概連雪和煤的差別都分不出來，但可以確定的是他們時常爬樹搖落椰子來吃。於是傳教士入境隨俗地把這句經文翻成：「你們的罪雖像硃紅，必變成椰果般潔白。」

　　想想當年的人、時、地、物，這比喻轉換得還真巧妙！

　　我曾造訪密蘇里州沃倫斯堡的州立師範學院（State Teachers' College），聽了場關於阿拉斯加的演說。很遺憾講者沒能抓到美國傳教士「入境隨俗」的訣竅，沒有轉換成聽眾能消化的語言，整場演說既含糊又百無聊賴！例如他說阿拉斯加的面積是 590,804 平方英里，總人口數 64,356 人。

　　阿拉斯加本身約莫百萬平方英里的一半大，對一般人來說有具體意義嗎？我想微乎其微，聽眾大多腦袋空白、毫無聯想，其實阿拉斯加總面積相當於緬因州和德州。如果先說阿拉斯加與附近離島的海岸線總長加起來可是超過繞地球一周，行政區總面積足足堪比「佛羅蒙特州、新罕布夏州、緬因州、紐澤西州、麻州、羅德島州、

康乃狄克州、紐約州、紐澤西州、賓州、德拉瓦州、馬里蘭州、西維吉尼亞州、北卡羅萊納州、南卡羅萊納州、喬治亞州、佛羅里達州、密西西比與田納西州」的全部總和，就再清楚不過！

總人口 64,356 人這句話過個五分鐘後，大概剩不到十分之一的聽眾記得，十分鐘後全場就通通忘光。仔細想想，快速唸過「六萬四千三百五十六」這數字，若能留下深刻印象也挺反常！抽象數字對聽眾而言，就像在沙灘用樹枝隨便寫字，稍一分心就像浪濤打來，整片字跡消失得無影無蹤。

講者應換個角度讓冰冷的數字多些感情、溫度。例如：沃倫斯堡離聖約瑟夫市不遠，聽眾大多住附近，多少都會經過，阿拉斯加當時的人口數略遜於聖約瑟夫一萬人。更棒的詮釋莫過於「阿拉斯加雖然面積是密蘇里州的八倍大，總人口卻只有沃倫斯堡的十三倍」，這樣是不是既清楚又好懂？

以下提供兩組比喻範例，你覺得哪個版本表達得比較清楚？

1. 離我們最近的星星有 35 兆英里之遠。
2. 火車每分鐘跑一英里，得跑 4800 萬年才能到達最近的星星。假設星星上有外星人在唱歌，以音速計算也得跑 380 萬年我們才聽得見。如果用蜘蛛絲從地球這端連到最近的星星，總距離會讓蜘蛛絲重達 500 萬噸。

1. 聖彼得大教堂占地為全球最廣，長 232 碼，寬 364 英尺。
2. 想像一下把兩座華盛頓國會大廈上下相疊，就是這麼巨大。

　　英國物理學家歐里佛・洛茲（Oliver Lodge）曾運用相同技巧向聽眾說明原子的大小與本質，我在現場聽見他跟歐洲觀眾說：

　　一滴水所含的原子數，等於地中海海水的水滴總數。

現場確實有不少聽眾每星期從直布羅陀海峽搭船前往蘇伊士運河。他還不忘乘勝追擊補充道：

　　一滴水所含的原子數，等於全世界每根草的加總。

　　名作家理查德・哈定・戴維斯（Richard Harding Davis）在紐約演說時，向聽眾說明土耳其的聖索菲亞大教堂「就跟紐約第五大道劇院的演講廳一樣大」；介紹義大利大城布林迪西則說「就像走海路從船上欣賞長島市」。

　　演說時請務必善用比喻，例如先提一下金字塔有 451 英尺高，再利用聽眾熟悉的建築物加以比擬，談到面積的話就利用等於幾個標準街區大小來說明。千萬別丟出「幾公升或幾加侖的液體」就罷休，一定要追加解釋「可以填滿這個演講場地的幾倍」；講到高 20 英尺，就加一句「等於現場挑高的 1.5 倍」；談到距離，不妨就用「從現場到某個大車站的路程」或某條街長度的倍數，是否更為聽眾著想？

● 避開生硬術語

　　如果各位從事法律、醫藥或工程這類特殊專業領域，對外行人

演說時請格外小心別秀過頭，一定要搭配必要資訊讓大家容易理解。

　　絕對有必要特別注意這點，我看過太多講者因為忽略這點悽慘下台。很多人似乎渾然不知一般人對自己的專長領域大多非常陌生，結果就是長期跟術語共舞的講者在台上嘰哩呱啦，完全從自身經驗出發、行話連發，但是第一次聽到術語的台下門外漢就算每個詞都能聽懂，湊在一起代表什麼意義卻毫無概念。

　　講者該怎麼克服這點？前印第安納州參議員阿爾伯特‧貝弗里奇（Albert Jeremiah Beveridge）妙筆生花，寫了段實用建議致贈給各位：

> 從聽眾裡挑個你認為看起來最不聰明的人，想像你正為了他努力把論點講得生動有趣，此時你得敘述清楚、論理清晰，不然絕對辦不到。更好的做法就是挑個小孩子當假想對象，會說得更自然易懂。

　　告訴自己或乾脆跟聽眾保證：你會講得很淺白，不僅小孩都聽得懂、記得住，散場後還能跟其他小朋友說今天聽了些什麼！

　　我曾聽過某位內科醫生演說時提到：「橫膈膜呼吸對腸道蠕動助益良多，能大幅改善健康狀況。」他本來說完這句就打算繼續講下個論點，我請他暫停，並問在座聽眾相較於其他呼吸方式，橫膈膜呼吸（也就是腹式呼吸）有何特點因此能夠有助於腸道蠕動、提升人體健康，結果舉手表示理解的人數少到令講者大感意外，於是他又回到同個論點深入說明：

▲ 一般觀眾聽不懂艱澀的專業用語。

橫膈膜位於胸腔下方的肺底部，也就是腹腔頂端，靜止不動與採胸式呼吸的狀況下，長得就像倒過來擺的水盆。

腹式呼吸時，每次吸氣都會讓橫膈膜肌肉往下推，直到完全平貼，會感受到胃部肌肉壓著腰間，此時橫膈膜往下施力會按摩並刺激腹腔上半部的器官，包括胃、肝臟、胰臟、脾臟和腹腔神經叢等都能受惠。

當我們再次吐氣，就會將胃和腸道往上提、貼到橫膈膜，再享受一次按摩，能讓排泄更為順暢。

很多疾病的病灶都是來自於腸道，深層腹式呼吸能讓胃和腸道適度活動，大多數消化不良、便祕和自體中毒的問題也將迎刃而解。

🔔 敘述清楚且論理清晰的說法，觀眾自然聽得懂。

◐ 平易近人更受歡迎

林肯很樂於採用眾所皆知的俗語，讓演說平易近人又好消化，例如第一次對美國國會發表演說時，他就用「只有包裝能看」來形容虛有其表，好友兼白宮公關主管德弗里斯（John D. Defrees）認為這類用詞較適合街頭演說，國家級場合則需要「高尚語言」，林肯爽快地回答：「如果有天你認為沒人聽得懂『只有包裝能看』我就修改，但現在就照我寫的說吧！」

林肯曾對時任諾克斯學院（Knox College）校長的約翰·吉列佛（John Gulliver）說明他為何對直白用語「情有獨鍾」：

我還有印象從很小的時候開始，就很討厭別人說我聽不懂的話，這大概是這輩子唯一讓我生氣的事，每次都搞得我很煩躁，長大後依然如此。小時候晚上聽完鄰居跟我爸講話，回到房間我會花不少時間來回踱步，就為了搞懂他們到底講了什麼。即使我想睡也睡不著，只要抓到某個想法的小尾巴，就很想全部搞懂、弄個一清二楚，而且並不因此滿足，會重複鑽研直到我能用任何小孩都聽得懂的話說明，而這個習慣成了我一生的執著！

執著？我想林肯並未誇大，他在紐撒冷的恩師威廉·葛拉罕（William Mentor Graham）就親眼見證過。葛拉罕曾說：「林肯花好幾小時，只為了從三種版本的說法中挑出最棒的。」

很多講者自己都無法清楚地說給自己聽，聽眾怎麼可能消化得了？演說觀點朦朦朧朧的話，聽眾也只能聽得懵懵懂懂！請培養林肯對含糊說法的「挑剔怪癖」，效法他「帶聽眾走出五里霧」的執著與決心。

林肯為了讓演說平易近人又好消化，居然肯花好幾小時，只為了從三種版本的說法中挑出最棒的。

● 「視」聽享受雙管齊下

第四章已經提過，比起從耳朵連結到大腦的神經總數，眼睛連結到大腦的神經總數多了好幾倍。科學研究指出，視覺刺激對我們的吸引力足足是聽覺刺激的二十五倍！

中文諺語說得很貼切：百聞不如一見。

所以**請務必視覺化呈現論點**，知名企業安迅資訊公司（National Cash Register Company）前總裁約翰・帕特森（John H. Patterson）就深諳此道，他曾為《系統特刊》（System Magazine）撰文分享對員工和銷售團隊的獨門演說法：

> 只靠講稿絕對無法讓大家都聽懂還能保持注意力，必須搭配「強效催化劑」，例如：盡量用圖片來呈現是非兩極的狀況。圖表會比文字更好，圖片則又比圖表更有效；理想狀態下每個主題都該用圖片輔助論點，文字只是連結各圖的工具。我很早就發現比起單靠文字，利用圖片說服力更強！

> 有點搞笑的小圖就很有用。我自己就有套專門的「卡通圖案」或所謂「圖表演說資料庫」，例如小圈圈內有個 $ 代表金錢、一個袋子有個 $ 就是很多錢。小圓臉表情符號也超實用：畫個圈再畫幾筆代表眼、鼻、口、耳就大功告成，微調一下就能代表不同表情，例如嘴角朝下畫個苦瓜臉、嘴角上揚就心情變好，也許看起來很陽春，不過最能引起迴響的漫畫家可不是靠唯美的畫風，能傳達想法並營造對比，才是大師功力。

只要把大袋的錢跟小袋的錢並列，哪個策略才能在商場致勝，立刻高下立見，挑能賺進大錢的就對啦！如果邊說邊畫這種簡易圖像，大家會馬上注意到你的動作，專注聆聽直到了解論點，反而不會分心。而且隨手塗鴉製造歡樂，不是很棒嗎？

我曾找畫家陪同巡視各家商店，大略畫出我認為該改進的現場狀況，這些草稿會再加工成圖畫，接著我就會召集員工讓大家「眼見為憑」一番；剛聽到幻燈片技術時我就立刻買了一台，果然投影出圖像比只用平面圖的成效更好！之後我也嘗試過使用動畫，我想我擁有全美第一個用來「開會展示」的動畫播放機，不僅動畫檔為數可觀，連彩色幻燈片也累積多達六萬！

並非每個演說主題或場合都適合搭配展示品與圖片，但請盡量善用「巧妙吸睛」的方法讓聽眾更感興趣，理解更透徹。

為了讓觀眾聽得懂且保持注意力，必須搭配「強效催化劑」，例如盡量用圖片取代文字來呈現。

● 石油大王的「撒錢」技巧

洛克斐勒（John D. Rockefeller）曾在《系統特刊》專欄分享他如何利用視覺刺激對科羅拉多燃料煉鐵廠（Colorado Fuel and Iron Company）演說：

> 我發現他們（煉鐵廠員工）誤以為我的家族董事會吸走大筆科羅拉多團隊創造的利潤，這單純來自於他們的想像！我清楚解釋實情，說明過去十四年與煉鐵廠合作之下，沒有拿過一分股利。

> 某次會談時，我乾脆實際演示了公司的資金運作。我在桌上撒了把硬幣，先從中撥出一小堆代表給他們的工資，因為這是煉鐵廠最優先拿走的盈餘；然後再撥出另一堆，代表給管理人員的薪水，最後剩下的硬幣則是給高階主管的行政費用，沒有剩任何硬幣留給股東。接著我問：「大家想想看，我們四個合夥單位只有三方分到盈餘，不管你們各自拿多拿少，剩下第四個什麼都沒拿，這樣公平嗎？」

演說時視覺刺激應明確搶眼，就像萬綠叢中一點紅那般醒目！例如：要是說到「狗」，大家腦海裡多少都會浮現某個動物，像可卡犬、蘇格蘭梗犬、聖伯納犬或甚至博美犬，不過要是說「鬥牛犬」，連想到的狗形象頓時會少很多。更明確一點，說出「斑紋鬥牛犬」，聯想又會更少了，對吧？「矮種馬」總是比只說「馬」更為生動，「雪白的跛腳公雞」也比只提到「矮公雞」更好想像，不是嗎？

◐ 把重點換句話說

　　拿破崙曾說修辭學唯一的原則就是「重複」，他很了解自己覺得清楚好懂，別人卻不一定明白，而了解新觀點也需要時間集中專注，總之就是得重複說明。**但重複並非重講**，否則聽眾勢必會反感，**換用新詞彙再對聽眾說明第二次，才不會被認為講者跳針！**

　　以下我們來看個實際例子，出自優秀演說家威廉·詹寧斯·布萊恩（William Jennings Bryan）的真知灼見：

　　你自己必須先搞懂某個主題，才有辦法讓別人也理解。對議題了解得愈清晰，向別人解釋時也會更清楚好懂。

　　其實第二句就是第一句的翻版，不過聽眾在短時間內並無法察覺，只「感到」講者更深入說明了。

　　在我訓練學員征服公開演講的職業生涯中，每堂課多少都會遇到忘了換句話說的「遺珠」，要是懂得變換版本的技巧，一定能講得更清楚、聽眾印象也會更深刻，可惜這是許多初學者的罩門。

很重要！

過度重複容易引起聽眾反感，可以換句話說，聽眾一時之間是無法察覺到的。

◉ 概論搭配實例

演說時可先舉出大原則再提出實際案例，便可輕鬆說明論點並幫助聽眾徹底理解。大原則和實際案例如何區分？「概括」與「特定」的分界我相信大家都很熟悉吧？接下來就為大家解釋怎麼執行，當然也有實際範例可供參考。例如某位講者一開始說：「專業人士享有巨額收入。」

聽起來夠明確清楚嗎？你能判斷講者想表達哪些職業？收入多高嗎？當然不行。反過來說，講者自己也不清楚聽眾腦海裡會浮現什麼畫面。鄉下小診所醫師幻想醫院主治醫師的薪水、某年輕企業家默默羨慕業界大老的驚人年收都有可能，這句話本身涵蓋範圍實在太廣，必須設定過濾條件，例如提供細節讓聽眾想像：

> 不少律師、王牌拳擊手、作曲家、作家、劇作家、畫家、演員與歌手的收入，都比美國總統高。

演說中提到「專業人士享有巨額收入」，但聽眾往往一時腦海裡浮現不出具體畫面，所以必須「精準勾勒輪廓」，轉化論點讓聽眾能夠輕鬆想像，才算具有說服力。

這樣說明是不是清楚多了？不過範圍還是太廣，沒有限定特定族群，例如「歌手」到底是樂團主唱、人氣新秀還是樂壇天王天后，

每個人想的都有所不同。

說到這整句話還是稍嫌籠統，聽眾仍無法聯想到特定形象，我們看看講者接下來應該怎麼說：

王牌訴訟律師薩繆爾·恩特邁爾（Samuel Untermeyer）與麥克斯·史圖爾（Max Steuer）年收高達百萬美元；傳奇拳擊手傑克·登普西（Jack Dempsy）每年也有五十萬美金進帳；才二十幾歲且教育程度不高的非裔拳擊手喬·路易斯（Joe Louis）也是年收五十萬俱樂部成員。歐文·柏林（Irving Berlin）創作通俗輕快的流行樂也是五十萬美金年年入袋，西德尼·金斯利（Sidney Kingsley）則是靠版稅每星期賺入一萬美金。科幻小說開山祖師 H·G·威爾斯（H. G. Wells）在自傳中坦承靠寫作累積了三百萬美元收入，迪亞哥·里維拉（Diego Rivera）則是靠畫筆每年印鈔百萬美元，劇場天后凱瑟琳·康奈爾（Katharine Cornell）光每星期「推掉」的電影角色邀約就「婉拒」了五千美金上門！

現在是不是完全能夠想像講者所謂的高收入族群呢？

請務必「**精準勾勒輪廓**」，轉化論點讓聽眾能夠輕鬆想像，不僅對演說印象更深刻，也更容易被你說服喔！

◐ 別飆太快害聽眾暈車

心理學教授威廉·詹姆斯博士（William James）某次對教育人員演說時，特別停下來強調每場演說只能有一個主要論點，而且所

謂的演說是一小時內！但是我曾出席某場限時三分鐘的演講活動，就遇過講者甫上台便預告要說明十一個重點，等於每個重點只分到十六秒半！這麼不合理的「飆車任務」根本毫無意義。我承認這個案例太過極端，但事實上就是有很多新手講者會猛踩油門，最後當然也會以車禍收場！一天吃完巴黎所有米其林餐廳，或半小時逛完美國自然歷史博物館（American Museum of Natural History）並非辦不到，只是走馬看花既沒意義更毫無樂趣；但很多講者好像致力於創新紀錄，硬是要在有限的時間內狂塞論點，好像在比賽誰累積的超速罰單比較多。

大部分的演說都應簡短為妙，所以請別太過嘮叨，假設主題為工會，記得別浪費三分鐘或六分鐘都在聊工會成立歷史、運作方式和優缺點，還是希望能解決什麼業界紛擾，請把時間放在一個重點上就好，否則聽眾無法徹底了解主軸，只能模模糊糊記得大概，整場下來等於什麼也沒聽懂。

用一句話濃縮你對工會的了解，再仔細說明即可，不但能夠充分呈現觀點，也會讓聽眾留下單一印象，清楚又好記。

如果非得在演說中打包多個論點，**請至少在結尾彙整一下重點**，以下就是本章的重點摘要，是不是恰巧讓各位複習剛看過的內容，印象更為深刻了呢？

> 如果是限時三分鐘的演講活動，硬要飆車一次講完多個重點，聽眾模模糊糊只記得大概，等於什麼也沒聽懂。請把握時間，一次講一個重點就好。

重點摘要

一、把論點說清楚很重要，但往往很難辦到，耶穌也說他用比喻講道的主因就是：「因為他們（聽眾）看是看見了，卻不曉得；聽是聽見了，卻不明白。」

二、耶穌借用聽眾熟悉的事物來介紹新概念，例如用麵酵、撒網捕魚和商人採購珍珠來比喻天堂。容我也借用一句《聖經》的話：「你去，並照著做吧！」

三、對門外漢演說時請避開術語行話，謹記林肯的建議——得讓小孩子都聽得懂。

四、記得自己得先搞懂要講的內容，理解透徹才能清楚地講給別人聽！

五、利用展示品與圖片等視覺刺激吸引聽眾注意。別只丟出「狗」一個詞，請敘述得更精準明確，例如：右眼有黑斑點的獵狐梗犬。

六、請重申主要論點，但是不用重複再講一次，換句話說、利用版本變化讓聽眾不知不覺間再複習一遍。

七、抽象論述講完後記得補充實際案例，如果案例又十分清楚明確，成效更佳。

八、別在短時間內飆完長篇大論，聽眾每場演說頂多只能消化一兩個論點。

九、收尾時請彙整論點、濃縮精華。

第十一章

有趣
才能點燃興趣

大家讀的這頁跟其他頁面有什麼不同嗎？當然沒有，它們都只是普通的印刷紙。各位一生中大概看了成千上萬張紙，當然不會少見多怪，但待會我告訴大家關於這頁的趣事，保證讓你另眼相待。物理學家會告訴你：這頁是由無數原子組成的綿密網路。每顆原子有多大？前面第十章有個比喻：一滴水中的原子數就相當於整個地中海的水滴數，也等於全世界有幾根草，小到不可思議！而且原子中還有更迷你的成員：電子與質子。電子繞著原子中央的質子旋轉，雖然微小但用比例尺放大來看，在這些迷你成員的「小宇宙」內，原子與質子之間的距離等同地球到月亮那麼遠，而電子的「公轉」轉速高達每秒一萬六千公里，當你的視線飄到這句結尾的時間，就已經夠一顆電子從紐約流浪到東京啦！

　　剛剛還在想這頁有啥特別的對吧？其實從物質組成的角度來看，每張紙本身都是上帝令人嘖嘖稱奇的傑作，蘊含無限能量。

　　剛獲得知新奇資訊的各位，現在應該會對這張普通印刷紙感興趣了。其實掌握這個訣竅，在日常生活的對話中都能如魚得水、輕鬆引起別人的的關注好奇。全新事物本身並不有趣，但老生常談也令人反感，**完美的平衡點就是新舊參半。**

　　和務農的鄉下老伯聊歐洲建築傑作或名畫未免太抽象，與他的生活經驗完全無關；但聊聊荷蘭低地區，談談當地農夫挖溝渠防洪、建橋當閘門以便在低於海平面的環境耕種，老伯一定雙眼發亮想要繼續聽下去。要是再跟他說荷蘭農夫冬天會把牛牽進屋裡跟人同住，且「家居牛」還能透過蕾絲窗簾欣賞紛飛雪花，我猜他一定驚訝到下巴掉下來。老伯很了解務農工作和牛隻，在「舊瓶」裡適度加入「新酒」，就能讓他嘖嘖稱奇，興沖沖地到處跟朋友宣傳他最新獲得的神奇資訊。

🔺 跟農夫聊與他生活無關的建築，無法引起興趣；跟農夫聊挖
　溝渠防洪和養牛，必能讓他眼睛發亮地想繼續聽下去。

◐ 我們與硫酸的距離

　　生活中的液體類產品多半使用品脫、夸特、加侖或桶為單位，
例如幾夸特的紅酒啦、幾加侖的牛奶或幾桶糖蜜，或是挖到的油井
日產量有幾桶，不過有個大家天天都會接觸到的液體因為使用量大
得驚人，計算單位可是「噸」——硫酸。

　　硫酸在日常生活中可是無孔不入。提煉煤油、汽油少不了它，
沒了硫酸，車子就無法發動，人類出遠門就得回頭向馬兒求救；電
燈也靠硫酸才能照亮辦公室和家中，沒了它每天得早早摸黑上床。

　　一早起床洗臉使用的鍍鎳洗手台，製作過程裡就包含硫酸，打
造讓大家舒服泡澡的陶瓷浴缸也得用到硫酸，製作肥皂所需的潤滑
油也得先加硫酸處理過，每天與我們肌膚相親的毛巾在出廠前也得
先靠硫酸完成加工，梳子的刷毛、合成樹脂製作的髮飾，甚至連刮
鬍刀的刀片煉造後，都得用硫酸處理過才能上架販售。

　　梳洗完畢穿上貼身衣物和外衣，漂白和染色這些衣物時都得使

用硫酸，鈕扣的製造過程也得仰賴硫酸，皮革製品也借助硫酸的力量讓色澤更深，就連擦亮鞋面用的產品也和硫酸關係匪淺。

打扮好下樓吃飯，色彩繽紛的杯盤陪伴你享用早餐，瓷器上的金漆、美麗彩繪還有鍍銀刀叉，都是硫酸曾發揮功用的證明。

吃個麵包填飽肚子吧！加硫酸製成的肥料可能曾經滋養小麥成為口中美食，淋點糖蜜補充元氣，糖漿也是靠硫酸製作……。

一整天下來我們都和硫酸緣分頗深，上山下海都跟硫酸形影不離，但即使對人類現代生活而言不可或缺，這立大功的小兵卻知名度頗低呢！

◉ 最能引起興趣的話題

大家知道這世界上最有趣的三個話題是什麼嗎？性、財富與宗教。性讓人類繼續繁衍，財富延續文明，宗教成全我們對未來的想像。

但更精確來說是「自己」對性、財富與宗教的渴望引發興趣，**人們在乎切身的事，才是讓這些話題容易聊開來的動力。**

談論千里之外的某國建設，不少人會直接假裝沒聽到，但如果聊到當地的重大工程，不少人都會豎起耳朵傾聽；一般人對陌生文化的宗教信仰頂多好奇，真正感興趣的還是哪個宗教能祝福「我的」未來或「我的」死後世界。

有人曾問新聞界名人諾思克利夫子爵（Lord Northcliffe）大家最感興趣的主題是什麼，他直截了當回答：自己。諾思克利夫子爵創辦的報紙銷量傲視全英國，證明了如果找對話題印報，就等於在印鈔票！

你想知道自己是什麼樣的人嗎？這個話題十分有趣，因為主題本身就環繞著你自己；至於如何在自己身上找出哪部分屬於「真我」，白日夢就能提供最棒解答！請看美國歷史學家詹姆斯·哈維·魯濱遜（James Harvey Robinson）《塑造心靈》（The Mind in the Making）一書中的小片段：

> 我們每天醒著的時刻當然都會思考，很多人自己也知道睡著時思索並不會停止，腦袋搞不好還比清醒時更加積極地運作。有時沒有實際問題需要應付，我們就會開始「放空」，這是人類最自然也最熱衷的思考模式，讓思緒自由發展延伸。思緒飄散的動力來自內心希望、恐懼、自然渴望是否滿足、喜惡的事物和愛恨，我們「畢生最大樂趣就是關注自己」，每個人都是自己的頭號粉絲！不刻意控制或主導思緒的狀況下，大家其實都在想最愛的「自我」。觀察自己和別人的這種潛意識傾向很有趣但也有點可悲，我們都會自動逃避「人人自愛」的事實，正視這種傾向就會發現千真萬確、難以忽略。

> 空想反映每個人的基本個性特質，隱藏且遭遺忘的經驗也會影響空想的方向……胡思亂想時主要都在自我放大並尋找合理解釋，長久以來自然也左右了思考結果。

因此發言前請先認清，就算對方腦袋沒有忙著煩惱家務、公事或經濟問題，大半時候也都忙著在幫自己找理由並自我肯定。大家更關心出門前電源瓦斯關了沒，而不是歐洲某國欠美國的錢還了沒。你說南美洲有革命政變？對方其實在想刮鬍刀變鈍了，是時候

該買新的了；亞洲發生地震造成大規模死傷？對方正在想今天牙齒好痛；你想聊聊史上十大偉人嗎？對方比較想聽你讚美他：「今天氣色真好。」

大家最感興趣的主題是什麼？答案是：與自己切身有關的任何事物。

◯ 成為最佳聊天對象

多數人不擅長聊天的原因在於只顧著聊自己感興趣的話題，別人說不定心裡已經打起哈欠。換個角度引導別人聊「**他／她的嗜好、事業成就和生活大小事**」然後專心聆聽，對方必然感到歡喜雀躍，下次也想再找你聊個天南地北！想成為別人閒聊的最佳首選，其實不必說太多話就能辦到。

來自費城的哈羅德・德懷特（Harold Dwight）為某場公開演講課的結業式掀起高潮，他把每個同學都談論一遍，提到第一堂課初次見面到最後一堂每位同學有什麼進步，還回顧了同學說過的主題，甚至模仿大家講話的特色，全班哄堂大笑，每個人都樂翻了。這樣的演說根本沒有失敗的可能性，對現場學員來說這大概是全天下最有趣的主題，德懷特先生深知「興趣始終來自於人性」。

> 與聽眾們互動時，若提到他／她的嗜好、事業成就和生活大小事，然後專心聆聽，對方必會感到歡喜雀躍。

◉ 風靡兩百萬讀者的賣點

　　雜誌《全美刊物》（American Magazine）在二十世紀初發行量突然暴增，成長幅度之大深深震撼出版界，究竟有何魅力？約翰・希鐸（John M. Siddall）的眼光成就一切。我第一次見到希鐸先生時，他還只是雜誌人物版面的部門小主管。我曾經受他之邀撰寫過幾篇文章，有天我們促膝長談時他說：

　　人類生性自私，多半只對自己感興趣，其實沒幾個人想了解鐵路國營化，大家都在想怎麼賺錢或養生。要是當上雜誌總編我一定會把主題定為：怎麼養出耀眼美齒、好好泡個澡、夏天保持清爽、爭取好職位、如何管理下屬、買間好房子、記憶法訣竅、寫出通順句子等等。大家都想知道別人的生活，我就邀請

房產大戶分享如何致富，讓人生勝利組大談如何過關斬將、享受財富自由。

之後不久希鐸先生真的當上總編，當時《全美刊物》銷路慘澹，而他終於有機會實踐當年理想，人人搶購後發行量一飛沖天，從二十萬、三十萬一路飆到每個月百萬本，且熱潮從未消退，繼續賣到一個月兩百萬本，且唯持在驚人高點長達多年！希鐸先生忠實滿足人性，銷量自然也大大滿足。

🔔 人類生性自私，多半只對自己感興趣，找到大家想知道的主題，必能引起關注。

◖ 吸引力歷久不衰的演說

談論任何主題時聽眾都可能會分心，但聊到關於「人」的話題反而會聚精會神。全球各地一整天下來到處都有人在八卦生活中的

各色人物，某某說了什麼、誰回了什麼、我跟你說我看到誰……可說是「人人有份」。

多年來我在對美國和加拿大的學生演講的經驗裡學到寶貴一課，為了讓這些小朋友專注於演講，我得多分享人物故事，因為只要話題一偏向抽象概念，小明就會扭來扭去、小華就開始扮鬼臉逗同學笑、小美開始傳紙條……全場躁動不安。

有次造訪巴黎，我問在場幾位美國企業家可否分享「成功寶典」，結果大家開始談起人品、價值觀、理念等等，嘮叨不休把全場都無聊死了。（很巧的是我寫下這段文字不久前，才聽到美國企業家上電台節目大聊同一主題，很多俱樂部會員和巡迴講者也都很愛講這些）

當年我在巴黎果斷暫停了長篇大論，請求講者：「我們不需要說教、絕對不想聽大道理，拜託製造點樂趣，不然沒人會專心聽。還有，別忘了全世界最有趣的事情包括新鮮的八卦，跟我們說說兩個你們認識的人，一個勝利組對照另一個失敗組！記得聽眾要什麼你們也會獲益良多，絕對比大談抽象概念更為輕鬆。」

有位學員本來無法投入自己的演講，也無法讓人對他的演講感興趣，但當天晚上經過我的提醒，他完全抓住八卦精神聊起他的兩位大學同窗：一個很節儉，喜歡買不同品牌的衣服再製作圖表比較哪個牌子最耐洗耐穿，整天都在想如何把錢花在刀口上錙銖必較。當年一群土木系同學畢業後，這位製表狂自視甚高不願從基層做起，連續三年同學會都還持續製表追蹤「治裝報酬率」的習慣，也空耗三年期待大好機會降臨，讓他能從此一帆風順。然而幸運之神始終沒眷顧他，畢業二十五年後他還是個小職員，怨天尤人過了大半生。

接著我的學員繼續說起對照組。某同學超乎大家預期的成功，個性非常迷人很受歡迎，雖野心遠大但甘願從製圖員做起並同時找尋機會，打聽到水牛城開始推動泛美博覽會（Pan-American Exposition）基礎建設，他預期土木人才將炙手可熱，於是毅然決然辭去費城的工作搬到水牛城，靠著平易近人的好個性結識了當地影響力十足的政治人物。兩人合夥開設事務所後很快就接到案子，主要客戶是當時以電信為業務主力的西聯匯款（Western Union），他傑出的專業貢獻獲得高薪報酬，最終成為百萬富翁身兼西聯重要股東。

根據可靠的消息……

🔰 觀眾不想聽到說教、大道理，你得製造點樂趣，有時還能加點與聽眾有關的八卦，絕對比大談抽象概念更輕鬆。

我現在只是大略回憶當天學員的人物介紹，如果聽他本人講會更有趣、人物細節描述更生動好玩，原本這位學員連三分鐘演說都表現平平，當天卻侃侃而談地說了半小時，連他自己都不敢置信！聽眾也意猶未盡，希望他能再多講一點，成為他第一場百分百成功的演說。

各位請記得這個例子，往後必定受益無窮。原本平淡的演說只要加了人物色彩就變得繽紛有趣多了，只要提供聽眾幾個論點再搭

配實際案例說明，**用人物趣聞搭出漂亮又受歡迎的演說結構，保證吸引全場注意力。**

請盡可能多分享這些主人翁掙扎奮鬥終獲回報的勵志故事，克服障礙實現理想的過程沒有人不愛聽！心理學家曾說過大家都喜歡看到兩人相愛，但我覺得應該說沒人討厭「老套劇本」：兩人排除萬難終成眷屬才是賣點。隨手翻翻小說雜誌、轉台看幾部電影，千篇一律都是這種情節？男主角終於牽起女主角的手迎向幸福美好，觀眾也差不多起身要走了，散場五分鐘後還能看到幾位臉上掛著感動淚痕的觀眾在影廳門口討論劇情。

所有虛構小說都是靠這招贏得大眾喜愛，先讓大家愛上魅力不可一世的男女主角，再輪番上演障礙與挑戰，阻礙他們擁抱夢幻生活或實現不凡天命，正當你覺得好像希望渺茫時命運逆轉、皆大歡喜。

小人物逆境求生成為大人物的故事多麼正能量！有個雜誌編輯跟我說，只要是關於某真實人物的人生內幕的主題永遠叫好叫座，最好搭配艱苦的人生進程引起共鳴，只要說得夠生動，無人能夠抗拒。

◖ 活靈活現，高下立見

我曾在某堂公開演講課邀請兩位風格截然不同的講者上台，一位是哲學博士在大學任教，另一位則曾在英國海軍貢獻三十年青春，退伍後開搬家卡車創業，形象可說是天差地遠。

但比起溫文儒雅的學者，四海為家的老闆兼司機居然更受聽眾歡迎，到底贏在哪？大學教授談吐文雅且論述清晰，但少了重要調

味：不夠具體、含糊抽象；另一位「硬漢型」講者反而直接淺白，乾淨俐落切入正題，搭配他活力滿檔的流利表達很對聽眾胃口，自然親和力十足。

當然大學教授和搬家卡車業者不是常有的對照組，分享這個實際案例只是希望大家留意吸引聽眾的關鍵絕非教育程度高低，而是**表達愈具體明確且駕輕就熟，就能愈受歡迎。**

這項能力實在太重要，因此以下我們就來深入探討，讓各位印象更深刻，期盼未來大家都能銘記在心。

例如：形容馬丁‧路德（Martin Luther）小時候的個性，與其說他「固執難管教」，倒不如說他被老師「一個早上就挨打十五次還學不乖」！

「固執難管教」這種說法根本沒人會注意聽，體罰次數是不是聽起來搶戲多了？

以前寫自傳時作者習慣硬塞一堆籠統的敘述，在亞里斯多德眼中這就是所謂「愚人自娛」，需要檢討改進；現在的自傳則傾向具體描述讓讀者容易聯想，例如老掉牙的「某人雖出身貧苦，但父母教導他要誠信待人」就會改成「家境不好的話換季也很難買新鞋，走在雪地怕滑倒只好在破鞋上綁麻布保暖防滑，但即使困苦卻從不投機取巧，賣牛奶不摻水、賣馬時也誠實告知老馬有隱疾」，這樣有畫面的敘述更能證明主人公即使家貧仍然擁有高貴情操。

現代自傳寫作方式既然很成功，現代演說風格也該順應時勢才更有趣生動。

🔔 清楚的描述會讓聽眾更有畫面感；籠統的敘述，令人無法
聯想出任何情境。

　　我們再看個例子。假設你想強調尼加拉瓜大瀑布每天創造的
動能換算成產值高得驚人，與其說沒有妥善規劃水力發電，不如換
個角度說瀑布動能滿足多少民生需求、讓大家吃飽穿暖好滿足。
但這樣就算優秀的演說了嗎？還得多下工夫才行，艾德溫・史隆
森（Edwin S. Slosson）在《每日科學報》（Daily Science News
Bulletin）刊登的文章做了最佳示範：

我們知道全美有數百萬人生活困頓、營養不良，但尼加拉瓜大瀑布每小時就能製造二十五萬份麵包，也等於每小時都流出六十萬顆新鮮雞蛋、撲通撲通打出超巨大蛋餅絕對餵得飽數百萬人。上游的尼加拉瓜河寬達四千英尺，如果河水就是源源不絕從紡織機噴出的紗，穩定製造的布匹換成產值必能立刻衝破貧窮的限制、讓全國人民同享繁榮！要是卡內基學院圖書館就在下游，不消一、兩個小時就能填滿無數好書；一百六十英尺高度差創造的動能與產值潛力無限，上游的伊利湖每天都能「漂送」一座百貨公司，下游氣力萬鈞的潔白水花就是無數精美的商品。要是想像可以成真，它就是一座能創造經濟奇蹟的大瀑布，震撼力十足又不用花大錢維護。不過我想支持禁奢的人還是會唱反調，現在也還是有人反對水力發電。

◉ 「說」出一幅好畫面

點燃聽眾好奇心，過程中最重要的技巧卻最常遭到忽略，很多講者根本不知道這項技巧，大概也沒仔細思考過——其實就是**講者應貼切描述，幫聽眾「看到」想像畫面**，別只用抽象空洞的詞句勉強聽眾撐著眼皮聽下去！

想像畫面就像各位正在呼吸的空氣，請盡力在演說或對話時「繪聲繪影」，讓生活多點樂趣，你也會更有影響力。

我們再看一遍剛剛這篇《每日科學報》的文章示範，學學怎麼說出逼真畫面。請留意講者用來呈現「畫面感」的用詞，每句話都精心設計過，讓瀑布和產值隨時「具體成像」：二十五萬份麵包、六十萬顆新鮮雞蛋、打出超巨大蛋餅、源源不絕從紡織機噴出的

紗、卡內基學院圖書館就在下游、每天都能「漂送」一座百貨公司，
下游氣力萬鈞的潔白水花就是無數精美商品⋯⋯。

透過講者傳神描述，聽眾等於觀賞了一部動畫，注意力自然就
像黏在螢幕上的視線一樣堅不可摧囉！

早在十九世紀赫伯特・史賓塞（Herbert Spencer）在《款色哲
學》（The Philosophy of Style）書中，就揭密如何利用詞彙啟動「播
放畫面」：

> 人類思考並不抽象，而是傾向鎖定具體形象⋯⋯因此不該寫
> 「禮儀、風俗和娛樂屬於殘酷野蠻的國家，刑罰也較嚴屬」，
> 應該要改成「要是某地人民熱衷戰鬥、喜愛鬥牛和殘酷競技生
> 死鬥，同時也會有絞刑、火刑和拷問刑具」。

《聖經》和莎士比亞名著每頁每句都閃爍著出神入化的生動敘
述，交織成整部傑作的出眾文采，一般人以「更臻完美」形容比完
美更完美，莎翁呢？「為精煉過的黃金再次鍍金，替純潔百合塗抹
粉彩，為紫羅蘭花瓣灑上香水！」

生活中是否曾留意過代代相傳的俗諺名言，**視覺效果**都活靈活
現？兩鳥在林不如一鳥在手、屋漏偏逢連夜雨、師父引進門修行在
個人⋯⋯，就連生活中常用的比喻也經常著重畫面特效：狡猾的老
狐狸、呆若木雞、平靜無波、堅若磐石等等。

林肯很常運用畫面特效讓聽眾身歷其境，有時被白宮的繁文縟
節搞得很煩躁，他會疾聲抗議，不只靠音量而是更戲劇化地說：「我
叫別人幫我去買匹馬時，根本不會想知道馬尾有幾根毛，只想知道
牠的體質好不好！」

透過講者的傳神描述，聽眾就等於觀賞了一部動畫，注意力自然會像黏在螢幕上的視線般堅不可摧！

巧妙對比就能對上胃口

以下是麥考利男爵（Thomas Babington Macaulay）對查理一世（Charles I）的指責，他罵人罵出畫面，而且全文善用平衡句法襯托出強烈對比，誰能抗拒這種語言魅力：

> 我們罵他背叛自己加冕典禮立下的誓言，結果他居然願意堅守結婚誓言；我們控訴他把人民丟給喪心病狂的主教，結果他的小兒子還接受親吻祝禱；我們抗議他把權利請願書（The Petition of Rights）視為無物，他先前還保證會審慎遵照，結果每天早上六點卻甘願聽晨禱，根本本末倒置。荒腔走板的作風配上他華麗誇張的打扮、頂著張帥臉跟精心照顧的鬍鬚，他大概自覺深受人民愛戴吧！

加冕誓言

結婚誓言

○ 讓熱情蔓延開來

我們探討了能引起聽眾興趣的好素材，但若乖乖按照這套劇本搬演，還是有可能生硬平淡被嫌棄。對活生生的人演說需要細膩心思，請投入適當感情和活力，別像冷冰冰的儀器按表操課，演講沒有所謂照辦就好的 SOP。

各位對演說投入的熱情絕對能感染聽眾，講者真誠迫切地呼籲，聽眾也會感同身受。我在巴爾的摩指導公開演講時就遇過一位學員站起來大聲疾呼，指出乞沙比克灣不人道的捕魚方式讓岩魚瀕臨絕種，且幾年內悲劇就會上演！他整個人的言行舉止都顯示他有多在乎。其實我原本不知道原來乞沙比克灣還有岩魚這種動物，我猜其他學員也跟我一樣沒聽過又興趣缺缺，可是當他傾注真情實意演說後，全場都願意捲起袖子連署請願拯救岩魚。

我曾請教前美國駐義大使柴爾德（Richard Washburn Child）如

何寫出暢銷佳作，他說：「我對人生充滿熱情，無法閉口不談，一定得把這種感受分享出去。」像這樣充滿感染力的作家或講者自然廣受歡迎。

有次在倫敦跟知名英國作家愛德華・班森（E. F. Benson）同場聽演講。演說結束後班森說他喜歡後半段遠勝前半段，我問為什麼，他回：「因為看來講者自己也最愛後半段，講者講得投入我才有熱情和興趣。」

每個聽眾都是像他一樣的，千萬別忘了！

🔖 投入熱情的演說，絕對能夠感染聽眾。

重點摘要

一、為熟悉的日常「舊瓶裝新酒」，或者來場知識大解密，是人人都愛的話題。

二、我們最感興趣的永遠是自己。

三、引導別人談論他們自己並專心聆聽，就算話不多，依然能成為受歡迎的聊天對象。

四、生猛八卦、關於人的一切大小事永遠是賣點！提幾個論點就好，搭配充滿人物色彩的生動故事，輕輕鬆鬆就能抓住聽眾注意力。

五、敘述應明確具體，別當個照稿演出但下場悽慘的老實講者！只說「馬丁路德小時候固執難管教」太過抽象，記得再補充「光早上就挨打十五次還學不乖」，形象夠鮮明才能留下印象、歡樂也更加倍。

六、在表達中穿插生動詞彙，如同按下聽眾腦海裡的影像播放鍵。

七、請盡可能以平衡句型襯托對比觀點、凸顯強烈差異。

八、熱情的感染力無遠弗屆，聽眾必能感受到講者的投入。但打動聽眾只能靠真情實感，不能呆板地死守冷冰冰的規則。

第十二章

用字遣詞
就是最佳門面

一位英國人身無分文走在美國費城大街找工作，最後走進當地知名企業家保羅‧吉朋斯（Paul Gibbons）的辦公室爭取面試機會。吉朋斯滿懷疑慮打量這位不速之客，兩人衣著天差地遠，英國男子破舊的打扮說明了他的經濟狀況窘迫，吉朋斯同情之餘也很好奇對方來歷，因此答應聽他說說。原本只打算草草結束了事，沒想到兩人互動持續許久，整整一小時還欲罷不能，面試結束的契機還是吉朋斯主動打給投資銀行狄龍瑞德公司（Dillon，Read ＆ Co.）費城區主管羅蘭‧泰勒（Roland Taylor）轉介這位傳奇人物。當時泰勒先生是費城影響力最大的銀行家，他邀請陌生人共進午餐並賦予重責大任，衣衫襤褸、渾身散發「失敗氣質」的路人甲，如何在短時間內搶下寶貴人脈？

　　答案簡單不過：**出眾的表達能力。**其實這位英國人曾在牛津大學受教育，到美國出差卻衰事一籮筐、人生地不熟且身無分文，但流暢悅耳的口條讓人完全忽略那髒兮兮的皮鞋、脫線的衣領和滿臉鬍渣，成為打入商務社交圈的門票。

　　英國奇男子例子或許罕見，但也證明了亙古不變的普世真理：**表達能力決定了你在別人心中的評價。**從用字遣詞可以看出一個人最真實的個人特質，只要有心，可以從中聽出說話者的生活圈、教育軌跡和文化素養。

從一個人的用字遣詞中，就能聽出說話者的生活圈、教育軌跡和文化素養。

　　你我和外在世界只有四種連結，也靠這四項連結贏得外界評價：**為人處事、外型、言論、表達方式**。但很多人出了社會後就對這些毫無自覺了，完全沒有意識到該努力充實語彙資料庫，也不細心分辨用詞差異，讓表達更精準有效率，而是將浮濫粗糙的商務用語或口語照單全收，還變成口頭禪，難怪無法留下良好印象。有時不小心用錯字就算了，文法還經常錯誤百出！我就常聽到大學畢業生說「好了啦！」（準備好了還是受夠了？）、「模擬兩可」（是模「稜」兩可才對，並沒有模擬的必要）、「實在不能不同意」（是很贊同還是出於無奈？）。連受過高等教育的知識分子都無法提升表達能力，迫於經濟壓力中止學業的人又該如何是好？

　　幾年前我到羅馬競技場消磨一下午放空休息，有位英國裔殖民地官員向我攀談，他先自我介紹再開始分享他在永恆之城——羅馬——的經歷，一直到他說「你慢慢逛」一邊告退離開，這段期間絕對不超過三分鐘。那天早上出門前他擦過鞋、白上衣燙得整整齊齊，看得出對個人形象很用心，希望能獲得別人尊重，卻沒有對談吐多下工夫，讓自己一開口就能加分。我想他跟女性交談時要是不慎忘了脫帽致意，必定會感到很羞愧，但對文法錯誤等等卻毫不在意（或者該說毫無自覺）。其實說出口的話就是外界將我們「分類」的依據，不能好好說話的人，只會被歸到內涵貧乏那一類去。

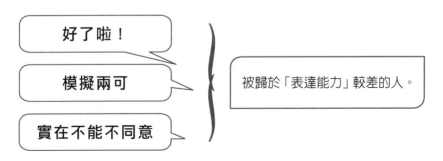

好了啦！

模擬兩可

實在不能不同意

被歸於「表達能力」較差的人。

擔任哈佛大學校長超過三分之一世紀的查爾斯·艾略特（Charles W. Eliot）曾說：「我認為不分男女，受過教育的人最應培養的精神資產就是表達能力，也就是準確且細膩地使用母語。」這句話很值得深思。

讀到這兒大家應該會想問，是否該開始去鑽研文學、研究如何用詞優美、表達精準？別擔心，這並非一門艱深學問，其實方法各位老早就知道了！林肯總統就是照做才一舉成名，讓美國人民見識到原來生活用語也能這麼動聽，演說也能像經典歌詞般雋永，就像當年台詞：「對任何人都不懷惡意，對任何人都心懷慈愛。」林肯父母的教育程度不高，必須付出勞力才能謀生，難道他就是天降奇才、出口自然成章？我們無法證明他是否天賦異稟，但林肯第一次當選國會議員後自己形容所受過的正規教育：充滿缺憾。他一生中上學天數加起來不到十二個月。至於師資？肯塔基州森林中的伯尼（Zachariah Birney）和海瑟（Caleb Hazel），印第安納鴿溪旁的朵瑟（Azel Dorsey）和克勞佛（Andrew Crawford），這幾位什麼來歷？全都是巡迴各拓荒區教書的平凡教師，窮鄉僻壤之處根本沒幾個知識份子，只要有人拿食物抵學費，他們就願意教個基本的聽說讀寫。林肯就是在這種知識匱乏的環境下成長，故鄉和老師帶給他的啟發可以說是趨近於零。

就連林肯在伊利諾州來往的農夫、商人或法律工作者，也不是能言善道的人物，但關鍵在於林肯不是整天都泡在語言水準與自身相等或更低的生活圈，他**自行規劃「與偉大心靈交流」的個人時間**。請切記這點！文壇菁英、傑出作詞家和詩人都和林肯有跨時空友誼，他能默背出蘇格蘭詩人羅伯特·伯恩斯（Robert Burns）、詩人暨革命家拜倫（George Gordon Byron）、英國劇作家羅勃特·

白朗寧（Robert Browning）等人的大作，光是拜倫詩集，林肯家裡和白宮辦公室就各擺一本，辦公室裡翻到脫頁的詩集，說明林肯這位政壇詩人對拜倫最真摯的嚮往！

　　即便公務繁忙加上慘烈的美國內戰在他臉上刻蝕皺紋，林肯在最憔悴焦慮的那段日子，睡前仍翻閱托馬斯‧胡德（Thomas Hood）的詩集，有時睡到一半醒來也會翻個幾頁書，如果碰巧看到幾句特別觸動心弦的句子，便穿著睡衣拖鞋走過長廊找到助理，一首一首地朗誦給他聽。林肯在白宮還會抽空背誦莎士比亞長篇段落、批評演員聲音演技不夠到位應該怎麼唸等等。林肯曾寫信給美國演員哈克特（James Henry Hackett）：「我像其他書迷一樣痴狂，即使不是演員還是看了莎士比亞劇作好幾遍，包括《李爾王》、《理查三世》、《亨利八世》、《哈姆雷特》等等，尤其《馬克白》絕對是千古名作。」

從小在知識匱乏的環境中成長的林肯，不受限於現實的條件，反而不斷地透過閱讀、寫作和演說，終於獲得此成就。

林肯對寫詩非常熱衷，公開場合或私底下都會背誦名詩，甚至還投入創作。他在妹妹婚禮上就曾朗誦自己寫的長詩，中年時他的筆記本都寫滿詩作。但他對寫詩很低調，連最親近朋友也不曾看過。路德・羅賓森（Luther Emerson Robinson）在《從書信看林肯》（Lincoln as a Man of Letters）中寫道：

　　林肯自學有成，時常與偉大心靈為伍，沾染傑出文采；美國教育學家埃默頓（Ephraim Emerton）形容大思想家伊拉斯謨（Erasmus of Rotterdam）的自學方式：「即使出了校門他還是持續自我進修，永不熄滅的學習熱情與毅力，就是最有效的教育方式，適用各地、永不過時。」完全就是林肯寫照。

　　林肯成名前在印第安納的鴿溪，靠著農活和屠宰豬隻賺取微薄生活費，幾年過後卻在蓋茲堡展現了人類史上最優美的演說。當年十七萬士兵在蓋茲堡奮勇廝殺，犧牲了七千條寶貴性命，前美國參議員查爾斯・薩姆納（Charles Summer）於林肯死後不久曾盛讚，即使後世會遺忘當年的慘烈戰役，林肯的演說也將永垂不朽。薩姆納預言成真，令我毫不意外！

　　愛德華・埃弗里特（Edward Everett）在蓋茲堡足足講了兩個小時，但他的演說早已被時間沖淡，消失在後人記憶之中。相較之下，記者過時而笨重的相機還沒完成對焦，林肯就結束演講下台了，整場演說前後只有兩分鐘不到。

　　林肯的「蓋茲堡演說」，全文被刻在銅匾上保存於牛津大學圖書館，他將語言的表達藝術推升到更高層次，所有學習公開演講的人都應謹記在心：

八十七年前開國元老於此建立全新國度，因自由而誕生，且信奉人人生而平等的理念。

如今我們面臨偉大的內戰，也考驗任何信念和主張相同的國家能否長久存續。今天我們在這偉大戰場相遇，先人為了國家存亡在此捐軀，我們自應盡一己之責獻上這片神聖土地的一小塊，成為他們最終的安息歸屬。

然而從更深遠的意義上來看，我們沒有資格祭奠、不能做出任何貢獻，也無法使這片土地更加神聖；曾在此奮戰的人無論此刻是生是死，都已為這塊土地賦予最崇高的意義，我們的力量薄弱，並無法增減一絲一毫。今天在此說過什麼，對世界無關緊要，終將船過水無痕，但世人將永遠緬懷這些烈士；因他們奉獻所有讓建國大業往更成熟階段邁進，後人自應繼續努力完成未竟志業。

逝者已矣，但已為後世燃燒所有，升起更熾熱的動力往前邁進。我們絕不會白白辜負這至高無上的犧牲，將在上帝保守之下重獲自由的新生；為民所有、為民所治、為民所享的美國政府，也將在這片土地上存續千秋萬世。

很多人以為林肯最後這句「民有、民治、民享」是自創，但真相又是如何？林肯法律事務所合夥人威廉・亨頓（William Henry Herndon）早在這場演說登場的多年以前，就送他西奧多・帕克（Theodore Parker）的演講集，林肯從書中某句話得到靈感：「民

主來自直接自理，適用人民全體，由全民所掌管也為全民福祉努力。」帕克則可能借用丹尼爾·韋伯斯特（Daniel Webster）四年前回給同僚海因（Robert Y. Hayne）的信：「人民的政府為人民而生，由人民打造也應向人民負責。」韋伯斯特也可能是看過美國總統門羅（James Monroe）三十多年前就提過的主張。門羅出生前五百年，威克里夫（John Wycliffe）就在某版《聖經》的前言中寫道：「聖經集結成冊是為了人民的政府，政府由人民主導也應服務人民。」而早在威克里夫出生前，甚至比耶穌降生還早了四百年，雅典政治家克里昂（Cleon）就曾對雅典人民演說時表示統治者應：「因人民而生，聽命人民且為人民服務。」至於西元前人物克里昂究竟是從哪位至聖先哲那裡汲取智慧，因為年代過於久遠，實在無法繼續追根究柢下去了。

其實太陽底下並沒有新鮮事，效法優秀講者，從書本中拾人牙慧、學以致用吧！

「書」就是各位尋求的最終解答：想擴充腦中的語彙資料庫嗎？請泡在書堆裡滋養腦細胞吧！英國政治家約翰·布萊特（John Bright）就說：「我到圖書館唯一感到懊惱的就是人生苦短，享用不完前人著作所致贈的寶貴智慧。」

布萊特十五歲就出社會在棉花廠工作，再也沒機會重返校園，但他仍成為當時盛名遠播的優秀講者，對語言表達的嫻熟運用少有人能匹敵。他辛勤抄寫並消化後熟記拜倫、彌爾頓（John Milton）、渥茲華斯（William Wordsworth）、惠蒂埃（John Greenleaf Whittier）、莎翁和雪萊（Percy Bysshe Shelley）的詩作，每年更重讀彌爾頓史詩鉅作《失樂園》（Paradise Lost），讓自己的表達層次更為豐富。

想要擴充腦中的語彙，勤於閱讀可以讓你享用不完前人著作所致贈的寶貴智慧。

英國政治家查爾斯·詹姆士·福克斯（Charles James Fox）大聲朗誦莎翁作品讓自己的文風更優美。前英國首相威廉·格萊斯頓（William Ewart Gladstone）則把書房稱為「心靈避風港」並收藏十五萬本書，他也坦承站在巨人肩膀上才能看得更遠，他的巨人前輩包括聖奧古斯丁（St. Augustine）、主教巴特勒（Bishop Butler）、但丁（Dante）、亞里斯多德與荷馬（Homer），其中閱讀《伊利亞德》（Iliad）和《奧德賽》（Odyssey）最讓他熱血沸騰，光是荷馬生活年代與史詩評析，格萊斯頓就寫了六本相關著作。

英國史上最年輕首相小威廉·皮特（William Pitt），則是讀一兩頁希臘文或拉丁文再轉譯成自己的慣用語，每天持續練習長達十年，最終「無須深思熟慮就能流暢寫出想法，用詞優美且結構工整平衡，令他人望塵莫及」。

古希臘演說家狄摩西尼（Demosthenes）抄寫修昔底德（Thucydide）史書整整八遍，直到能駕馭氣勢不凡的史學用語為止。後人承襲狄摩西尼的成就，兩千年後伍德羅·威爾遜就是靠研究狄摩西尼的著作提升表達能力，前英國首相阿斯奎斯（H. H. Asquith）則是拜讀喬治·貝克萊（Bishop Berkeley）自修有成。

英國桂冠詩人丁尼生（Alfred Tennyson）每天都研究《聖經》寫作，托爾斯泰（Leo Tolstoy）重複讀了《聖經・四大福音書》，直到長篇段落都背得滾瓜爛熟。才華洋溢的拉斯金（John Ruskin）從小就應母親要求每天讀經還要默背長篇段落，而且每年都要從頭到尾朗誦：「從開頭〈創世紀〉到最後一卷〈啟示錄〉的每個音節、每個人名都唸得清清楚楚。」拉斯金自認文學品味與成就都要歸功母親的私塾教育。

小說家史蒂文森（Robert Louis Stevenson）的姓名縮寫落款，等同於好文章的「正字標記」，廣獲同行作家認可，成為「作家中的作家」。他是如何培養迷人的表達能力呢？他本人曾經大方分享過：

> 只要閱讀時看到喜歡的段落，不管是點子很棒、呈現方式處理得極巧妙或者風格特別難忘，我都會坐下來讀得更熟、嘗試見賢思齊，發現自己辦不到的話就再試一次，不過老是以失敗收場。但至少因為模仿過，還是學到了怎麼押韻、和諧編排或讓整體結構更為完整。

> 我曾經用這個方法模仿過哈茲利特（William Hazlitt）、查爾斯・蘭姆（Charles Lamb）、渥茲華斯（William Wordsworth）、托馬斯・布朗（Sir Thomas Browne）、笛福（Daniel Defoe）、霍桑（Hawthorne）、蒙田（Michel de Montaigne）。

> 不管各位喜不喜歡，這就是練習寫作的竅門，至於我有沒有從中獲益也不是重點，至少濟慈（John Keats）就是靠這種方式學會寫作，我認為濟慈的細膩優美沒有任何作品能比得上。

模仿最重要的重點,就是臨摹大師們令人望塵莫及的文體與筆法,就放開手自由去嘗試吧!就算失敗不可避免,也是通往成功的唯一捷徑。

一堆人名跟故事都看夠了吧?其實答案只有一個,就像林肯回信給想當律師的年輕人:「你只需要把書找來好好讀過,**認真、認真再更認真**,就是眼前最該做的事。」

至於該找什麼書呢?不妨先從阿諾德・貝內特(Arnold Bennett)寫的《如何度過一天二十四小時》(How to Live on Twenty-four Hours a Day)開始,這本好書會讓你刷新眼界重新看待自己、發現每天浪費了多少時間而不自覺;整本書不過一百多頁,每天早上撕個二十頁帶著,再把翻報時間縮減一半用來自修,最多花個六、七天就能看完!

湯馬斯・傑弗遜(Thomas Jefferson)曾說:「我改掉看報習慣,省下時間看塔西佗(Tacitus)、修昔底德(Thucydides)、牛頓(Newton)、歐幾里得(Euclid)的大作,老實說這樣過得開心多了。」效法傑弗遜把看報時間縮減至少一半,一星期後我想大家的幸福指數和智慧都會同步增長。請好好審視每月浪費掉的零碎時間,拿來親近書本反而能對生活貢獻更多價值,不是嗎?等電梯、等車、等上菜、等朋友的空檔,都能拿出隨身攜帶的幾頁來閱讀,絕對不會占用多少時間。

唸完二十頁塞回書背,再撕接下來的二十頁,最後再把整本書重新固定就好。即使只是隨手綁個橡皮筋,整本破破爛爛的書總比買來從來沒翻過、書況幾近全新要好,書本如果供在書架上,就等於完全沒有價值,不如乾脆拆了分批閱讀。

看完《如何度過一天二十四小時》後，貝內特還有一本有趣的《人類機器》（The Human Machine），教你如何圓滑應對人際關係，讓你更自在掌握情緒反應。這類的書不僅觀點可貴，也是很棒的用字遣詞示範，能讓表達更為精煉流暢。

　　以下也列出推薦書單讓大家參考。法蘭克・諾里斯（Frank Norris）寫的《章魚》（The Octopus）和《坑》（The Pit）是我認為最棒的兩本美國小說，一本是關於加州農村面臨的混亂考驗和人際關係悲劇，另一本則呈現芝加哥期貨交易所（Chicago Board of Trade）對抗景氣起伏的奮鬥故事。湯瑪士・哈代（Thomas Hardy）筆下的《黛絲姑娘》（Tess of the d'Urbervilles）情節生動、非常感人。紐維爾・德懷特（Newell Dwight）《人之社會價值》（A Man's Value to Society）和心理學家威廉・詹姆斯（William James）《致教師箴言》（Talks to Teachers）也非常值得一讀，法國作家莫洛亞（André Maurois）的《雪萊傳》（Ariel or the Life of Shelley）、拜倫的《恰爾德・哈洛爾德遊記》（Childe Harold's Pilgrimage）和史蒂文森（Robert Louis Stevenson）的《與驢同行》（Travels with a Donkey）也是不容錯過。

　　美國偉大的思想家愛默生（Ralph Waldo Emerson）是提升精神世界的最佳旅伴，他的大作《自立》（Self-Reliance）句句都是智慧箴言：

　　　　把你的想法都表達出來，心中信念就能成為普世價值，因為內
　　　　在意識終究會外顯，當末日審判降臨，人類最初的思想也會再
　　　　次回歸。儘管我們都對自己內在的聲音很熟悉，摩西、柏拉圖
　　　　和彌爾頓等哲人之所以偉大，也只是誠實面對自我、直抒胸

臆，不盲從書本、傳統和他人意見。人類都應學會如何捕捉觀察不時閃現的心靈微光，而不僅追隨詩人和聖賢的耀眼光彩。但我們卻經常因為出處是「自己」，而擅自否決自己的想法，天才筆下每部作品處處都是自我曾經否定的看法，只是帶著偉人光輝再次回到我們身邊而已。文藝經典最寶貴教訓，就是告訴我們要相信自己，即使與眾人意見相左也應愉快擁抱內心直覺，不然明天又會有看似高明的人說出我們本來就有的感受，又得被迫滿懷羞愧地接受自己早就有過的想法。

最棒的作者留到最後再揭曉。亨利・歐文爵士（Sir Henry Irving）曾受邀推薦百大好書，他幽默回答：「在我編列長長的清單之前，我寧願先詳讀《聖經》跟莎士比亞全集。」他確實指出了重點，這兩本書長久以來都是英文寫作者最棒的靈感泉源，時常吸收書中養分，自然能夠充實內涵，不如省下亂翻報紙的時間跟莎翁來場心靈交流，讓羅密歐、茱麗葉和馬克白為你搬演人性大戲和經典台詞。

實踐上述建議之後生活有什麼轉變？**用字遣詞自然而然就會更貼切**，自然擁有著受「大師」調教後的風采，歌德（Johann Wolfgang von Goethe）曾說：「告訴我你讀什麼樣的書，我就知道你是什麼樣的人。」

我建議各位的閱讀計劃只需要意志力和細心的時間管理就能辦到，沒有其他必要條件，不用花大錢就買得到方便隨身攜帶的愛默生與莎翁文庫本。

閱讀時看到喜歡的段落，不管是點子很棒、呈現方式極為巧妙或風格令人難忘，都可以從中模仿或學習。也能從書裡的觀點或用字遣詞，從而學習到更精準流暢的表達能力。

◖ 幽默大師練就文字魔術

馬可‧吐溫（Mark Twain）如何靠生花妙筆名留青史？他年輕時曾搭馬車從密蘇里一路顛簸、緩慢移動到內華達州，克難到他得隨身攜帶食物甚至飲用水餵飽自己跟馬兒，行李過重可能還會發生事故，因此秤重收費錙銖必較，但他居然帶著完整版韋氏字典（Webster's Unabridged Dictionary）。旅途中除了嚴苛的自然環境挑戰，還有盜賊和印地安人蠢蠢欲動，但馬可‧吐溫立志成為優秀作家，以他招牌的樂天與勇氣，最後終於實現夢想。

小威廉‧皮特（William Pitt，Lord Chatham）也曾熟讀字典兩遍、每頁每字逐一研究。羅勃特‧白朗寧（Robert Browning）每天也會翻字典當娛樂以自學，根據林肯傳記共同作者尼古拉與海約翰（Nicolay and Hay）描述，林肯會沐浴在黃昏餘光裡讀字典「直到完全天黑無法閱讀」。上述都不是特例！幾乎每個知名作家和講者都曾如此努力付出過。

伍德羅・威爾遜對語言的掌握出神入化，《向德宣戰詔書》（Declaration of War against Germany）既能撼動政壇，也絕對能在文壇佔有一席之地，他自評如何提升自我表達能力：

> 我父親從不允許家裡的任何人用錯字或文法，只要口誤都會馬上糾正，提到陌生詞彙也會立刻解釋，並鼓勵每個小孩找機會使用新學的詞說話，用以加深印象。

某位紐約講者用詞簡單明瞭且句句通順平衡，廣受讚譽，他大方分享如何正確又貼切地運用語言魔術。他說只要聊天或閱讀時遇到不熟的詞彙，就會寫在筆記本備忘，睡覺前會多翻幾次，搭配字典把新詞轉化成自己習慣的表達用語。如果白天沒有累積到新詞彙，晚上他就看幾頁菲納德（James C. Fernald）《同義、反義與介係詞大全》（Synonyms, Autonyms and Prepositions），檢查日常慣用同義詞或近義詞的微妙差異，把每日一字當成畢生功課，一年下來就能多研究三百六十五個詞彙存在隨身筆記本中，有空就拿出來翻閱、維持印象。新詞只要使用過三次，就會永遠留存在腦中資料庫囉！

◑ 文字的浪漫過往

字典不僅能幫你確認字義還可追本溯源，通常釋義後方的括

號內就會交代字的來歷，別以為日常用字只是單調冗長的符號，其實都是人類文明的璀璨結晶！餐廳老闆隨口說一句：「打電話給雜貨商進一批糖。」就包含好幾個不同的語言和文化。英文「電話」（telephone）借用了希臘文「遠距」（tele）和「聲音」（phone）；「雜貨商」（grocer）則是借用法文古字「grossier」，而法文的祖先又是拉丁文「grossarius」，拉丁文原意就是量販商。「糖」（sugar）也可追到法文、再往前追到西班牙文，但西班牙文其實也是借用阿拉伯文、阿拉伯文則取自波斯文，波斯文「shaker」則是來自梵語的糖果「carkara」。

各位如果是上班族或創業者，英文「公司」（company）的祖先是法文古字「同伴」（companion），拆解開就是「一起」（com）和「麵包」（panis），也就是共享麵包的人即為同伴，一群人為了賺麵包果腹就是一家「公司」。領取的薪水（salary），按照字面意思則是買鹽的錢，因為古羅馬士兵領有固定配給可以買鹽，某天有個小兵隨口稱這筆津貼為「salarium」，流傳下來就變成英文用語。現在大家捧著看的「書」（book），原意是樹木「山毛櫸」（beech），因為「遠古文青」盎格魯薩克遜人把文字刻在山毛櫸樹幹或山毛櫸桌面上。口袋裡有幾塊「錢」（dollar）原意是「山谷」（valley），歐洲銀幣曾在聖若亞敬教區鑄造，十六世紀時稱這些鑄幣廠為「Thaler」、「dale」或「valley」。

「警衛」和每年「一月」的英文拼音「janitor」與「January」都來自地中海伊特拉斯坎文明的一位鐵匠，他住在羅馬為當地人鑄造特製門栓，死後成為民間信仰的神祇，以雙面神形象示人，代表門可開可關的雙重特性，一年復始的第一個月就成為「January」或古字「Janus」。現在我們只要提到看守出入口的「警衛」和每年「一

月」，也是不自覺地在緬懷比耶穌基督早一千年出生的某位鐵匠，而他的太太就叫「Jane」。

至於每年第七個月「July」則是取名自羅馬凱撒大帝（Julius Caesar），繼任者奧古斯都（Augustus）不想讓凱撒專美於前，用自己名字命名八月「August」還不夠。當時八月只有三十天，比七月少了一天，讓奧古斯都心裡頗不是滋味，就從二月挪來一天跟凱撒平起平坐。如今翻開月曆就能見證這兩位皇帝相互角力的紀錄，歷史故事總是這樣趣味橫生，令人著迷。

有空翻翻英文字典了解這些字的歷史：altas（地圖圖鑑）、boycott（抵制）、cereal（穀物）、colossal（龐大）、concord（和睦）、curfew（門禁）、education（教育）、finance（金融）、lunatic（神智不清）、panic（恐慌）、palace（宮殿）、pecuniary（財務）、sandwich（三明治）、tantalize（吊胃口），多采多姿的背景為平凡用詞增添韻味，每次提到這些字，就會由內而外散發熱情愉悅、感染聽眾。

● 改寫 104 次的故事

請努力準確表達想法，用最挑剔的心態拿捏細微差異。就連經驗豐富的作家，也是費盡千辛萬苦才寫好短短一句喔！范妮‧赫斯特（Fannie Hurst）跟我說她有時同一句話要重寫五十甚至一百次，就在我們聊到這件事的前幾天，她還說實際算過某句話總共重寫了一百零四次！梅布林（Mabel Herbert Urner）也說她的短篇故事會同步刊登多家報紙，有時耗掉整個下午，就只為了刪掉故事中一兩句話。

古弗尼爾・莫里斯（Gouverneur Morris）也曾分享理查德・哈定・戴維斯（Richard Harding Davis）執著於最佳用詞的毅力：

他腦中充滿無數的表達方式，小說裡都是經過嚴格淘選之後的最佳詞彙，無論是詞句、段落、整頁文章或整個故事，都是耗費心力重新寫過的結晶，徹底落實去蕪存菁的精神。假設要描述在大門口轉進來的汽車，他會先絞盡腦汁回想所有細節，鉅細靡遺地挑戰造物主給人類眼睛的觀察力極限！接著再審視辛苦回想起的細節，在忍痛淘汰、刪掉某個細節前自問：「會不會影響整體畫面？」如果不利於想像就再補回刪掉的部分，嘗試割捨其他描述。勞心勞力反覆修改後，呈現在讀者眼前就是最清晰貼切的「畫面」，細節逼真無一遺漏，這就是他筆下浪漫故事如此扣人心弦的祕密。

比起專業作家，我們多半沒有餘裕，也沒有興趣辛勤挖掘不同用詞，但這些典範證明了成功作家也得靠適當用詞和表達來揮灑靈感，希望藉此鼓勵有志提升公開演講力的各位，多多鑽研文字奧妙。當然演說正在進行中不該支吾其詞，為了想出最合適的用詞，每天準備演講的時間就應該練就挑剔眼光，直到不知不覺養成習慣為止，這是很多講者早該努力的方向！

彌爾頓據說總共用過八千個不同的英文單字，莎翁則多達一萬五千個，標準英文字典則會收錄約五萬到百萬個單字不等。但即便如此，根據統計，一般人通常只會使用約莫兩千個單字，大概就是一些英文動詞、串連句子用的普通連接詞再配上幾個名詞，形容詞也是老生常談的那幾個，一般人可能因為太懶惰或過於忙碌，就疏

於自我要求精準表達。至於下場如何？跟各位分享實際案例：我有次去科羅拉多的大峽谷朝聖，壯麗大自然景觀令我永生難忘，但某個下午我聽到一位遊客對身邊的人談起鬆獅犬、某場音樂會曲目、朋友的個性和大峽谷景色，全部都用了同一個形容詞——超棒。

這位「超棒」連發的遊客應該怎麼形容不同對象，表達起來才會更貼切呢？請參考以下可用來代換的形容詞：

- **美麗**：迷人、英俊、漂亮、可人、優雅、高貴、精美、細緻、討喜。
- **宜人**：佳、優、讚、賞心悅目、得天獨厚、體態優雅、比例均衡、外型出眾、對稱、和諧。
- **出色**：眼神明亮、氣色紅潤、亮麗、明豔、青春動人、正值花樣年華。
- **俐落**：清爽、整潔、得體、瀟灑、幹練、颯爽、帥氣。
- **搶眼**：耀眼、絢麗奪目、閃耀迷人風采、引人注目、出類拔萃、晶亮、熠熠生輝、超凡、頂級、尊榮、細膩、精煉。
- **如詩如畫**：登峰造極、極致工藝、如夢似幻、引人入勝、魅力獨具、華麗繽紛。
- **完美**：臻於至善、毫無瑕疵、無懈可擊、無可挑剔、毫無缺陷。
- **合格**：上得了檯面、尚可、符合期待。

寫作時建議參考「同義詞詞典」，擺一本在手邊隨時翻閱，不騙你，派上用場的機率比普通辭典高太多倍了！

用合理價格就能買到別人耗費多年青春所編纂的嘔心瀝血之

作，一輩子都受用無窮。不過可別買來就放在書架上純觀賞積灰塵用，這種工具書值得經常翻閱，讓寫作談吐都更文雅貼切，閱讀你寫的信或報告也會更加愉悅，請勤勞翻閱、逐步登峰造極吧！

◉ 推陳出新不遺餘力

用詞精挑細選之後就滿足了嗎？記得還要**努力發揮創意**！鼓起勇氣說出第一印象向造物主致敬，例如《舊約聖經》中大洪水肆虐過後，某個鬼點子特多的人脫口說出「泰然自若」的英文比喻──冷靜得像根小黃瓜（cool as a cucumber）。當時這個比喻確實是神來一筆，即使在西元前五、六百年的巴比倫王朝末期，說這句來獻寶也保證滿朝官員笑呵呵，但生於現代還老說這句話，不覺得復古過頭了嗎？

暫且拋開小黃瓜，來看幾個不同版本的「泰然自若」吧！（譯註：中文同類詞包括處變不驚、平心靜氣、心如止水、波瀾不驚、靜觀其變……）不僅新穎，也更符合時代趨勢：

· 冷靜得像隻青蛙（cold as a frog）
· 冷靜得像個涼掉的熱水袋（cold as a hot-water bag in the morning）
· 冷靜得像枝推彈杆（cold as a ramrod）
· 冷靜得像座墳（cold as a tomb）
· 冷靜得像座格陵蘭冰山（cold as Greenland's icy mountains）
· 冷靜得像團陶土（cold as clay）

　　　　　──英國詩人柯勒律治（Samuel Taylor Coleridge）
・冷靜得像隻烏龜（cold as a turtle）
　　　　　　　──劇作家康貝朗（Richard Cumberland）
・冷靜得像飛雪（cold as the drifting snow）
　　　　　　　──蘇格蘭詩人康寧漢 Allan Cunningham）
・冷靜得像鹽巴（cold as salt）
　　　　　　　──美國評論家亨內克（James Huneker）
・冷靜得像條蚯蚓（cold as an earthworm）
　　　　──諾貝爾文學獎得主梅特林克（Maurice Maeterlinck）
・冷靜得像清晨（cold as dawn）
・冷靜得像秋雨（cold as rain in autumn）

　　各位可以隨心選用自認最為生動的比喻來形容泰然自若，也不妨自己寫寫看、大膽表現獨創風格：

・冷靜得像 ＿＿＿＿＿＿＿
・一臉平靜就像 ＿＿＿＿＿
・無動於衷好似 ＿＿＿＿＿
……

　　我曾請教小說家凱瑟琳・諾里斯（Kathleen Norris）如何培養獨樹一格的筆觸，她回答：「閱讀經典散文和詩作，並嚴格淘汰自己筆下的過時用語。」

　　某雜誌編輯告訴我，只要稿件中出現兩三個老套說法他必定退件，乾脆省下時間別繼續看下去！連表達方式都看得出老調重彈，也不必期待內容觀點有多新穎。

重點摘要

一、我們和外在世界只有四種連結，外界也基於這四個層面評價我們：為人處事、外型、言論、表達方式；表達時的用字遣詞左右了別人對我們的印象。擔任哈佛大學校長超過三分之一世紀的查爾斯・艾略特曾說：「我認為不分男女，受過教育的人最應培養的精神資產就是表達能力，也就是能夠準確且細膩地使用母語。」

二、措辭會忠實反映出生活圈，請效法林肯的時常翻閱經典文學，善用閒暇時間接受莎士比亞和其他傑出文人薰陶，假以時日就能自然運用豐富字彙、展現成果。

三、湯馬斯・傑弗遜曾說：「我改掉看報習慣，省下時間看羅馬文哲塔西佗、希臘史學家修昔底德、數理權威牛頓和歐幾里得的大作，老實說這樣過得開心多了。」你不必放棄讀報，但改成快速瀏覽新聞，就能省下一半時間看更多經典，買書後每天撕下二、三十頁隨身攜帶，利用生活中的零碎時間閱讀、充實心靈。

四、閱讀的同時要搭配字典，查完不熟詞彙後及早運用，讓記憶更深刻。

五、研究字彙背後的深刻意涵，文字來歷往往精采浪漫、絕不單調，英文的「薪水」可以追溯到羅馬時代士兵定期領取的買鹽津貼，有個小兵隨口稱這筆錢叫「買鹽費用」，就隨時間逐漸演變成今日用語了！

六、別偷懶老是講陳腔濫調，請努力讓表達更為精確細緻，準備一本「同義詞詞典」隨時翻閱，才不會任何賞心悅目的事物都只能用「超棒、很讚」來形容，更精準、新穎又優美的詞彙不勝枚舉，例如：高貴、精美、英俊、討喜、瀟灑、幹練、颯爽、耀眼、絢麗奪目、閃耀迷人風采、臻於至善、出類拔萃、如夢似幻等等。

七、「冷靜得像根小黃瓜」（cool as a cucumber）這種老套比喻早已索然無味，打造獨特比喻能讓人耳目一新，勇於與眾不同吧！

加入晨星

即享『50 元 購書優惠券』

回函範例

您的姓名： 晨小星

您購買的書是： 貓戰士

性別： ●男 ○女 ○其他

生日： 1990/1/25

E-Mail： ilovebooks@morning.com.tw

電話／手機： 09××-×××-×××

聯絡地址： 台中　市 ┃ 西屯　區

工業區 30 路 1 號

您喜歡：●文學 / 小説　●社科 / 史哲　●設計 / 生活雜藝　○財經 / 商管

（可複選）●心理 / 勵志　○宗教 / 命理　○科普　　○自然　●寵物

心得分享：
我非常欣賞主角…

本書帶給我的…

"誠摯期待與您在下一本書相遇，讓我們一起在閱讀中尋找樂趣吧！"

國家圖書館出版品預行編目（CIP）資料

卡內基演講術／戴爾.卡內基（Dale Carnegie）著
；賴汶姍譯. -- 初版. -- 臺中市：晨星出版有限公
司, 2021.06
256面；14.8 × 21公分. -- （Guide book；267）
譯自：How to develop self-confidence and influence
people by public speaking
ISBN 978-986-5582-41-8（平裝）

1.演說術 2.口語傳播 3.自信

811.9   110003969

Guide Book 267

卡內基演講術

開發自我口才訓練課，改變億萬讀者命運的暢銷勵志經典

作者	戴爾・卡內基 Dale Carnegie
譯者	賴汝姍
編輯	余順琪
封面設計	曾麗香
內頁設計	張蘊方
內頁排版	林姿秀

創辦人	陳銘民
發行所	晨星出版有限公司
	407台中市西屯區工業30路1號1樓
	TEL：04-23595820　FAX：04-23550581
	行政院新聞局局版台業字第2500號
法律顧問	陳思成律師
初版	西元2021年06月01日

總經銷	知己圖書股份有限公司
	106台北市大安區辛亥路一段30號9樓
	TEL：02-23672044／02-23672047　FAX：02-23635741
	407台中市西屯區工業30路1號1樓
	TEL：04-23595819　FAX：04-23595493
	E-mail：service@morningstar.com.tw
	網路書店 http://www.morningstar.com. tw
讀者專線	02-23672044／02-23672047
郵政劃撥	15060393（知己圖書股份有限公司）

印刷	上好印刷股份有限公司

定價 300 元
（如書籍有缺頁或破損，請寄回更換）
ISBN：978-986-5582-41-8

Published by Morning Star Publishing Inc.
Printed in Taiwan
All rights reserved.
版權所有・翻印必究

| 最新、最快、最實用的第一手資訊都在這裡 |